공부

김열규 교수의

지식 탐닉기

공부

工夫

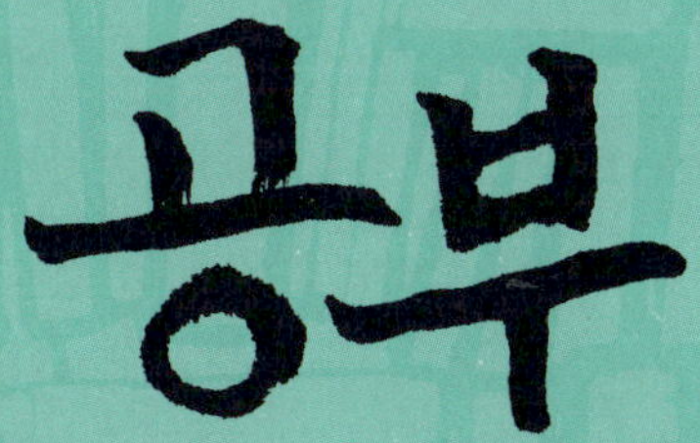

VIABTT
ViaBook Publisher

새로운 공부를 시작하는 이들에게

대한민국은 '공부 공화국'이다. 공부의 열풍이 온 나라를 휩쓸고 있다. 유치원생부터 고등학생까지 아이들은 학교와 학원을 오가며 밤낮없이 공부한다. 이들뿐이랴. 대학생은 취업을 하기 위해, 직장인은 자기 분야에서 마이스터가 되기 위해 불철주야 공부에 몰입한다. 게다가 이제는 책으로만 공부하는 시대는 지나갔다. 버스와 지하철에서 사람들은 스마트폰을 손아귀에 쥐고 걸어 다니면서 공부한다. 이렇게 온 나라가 교실이고 공부방인, 이 시점에 우리는 한 번쯤 공부가 무엇이고 어떻게 해야 하는 것인지 머리를 맞대고 생각해보아야 한다.

공부工夫라는 말은 일차적으로 '도구를 쓰는 위대한 사람'으로 해석할 수 있는데, 좀더 부연하면 '머리라는 도구를 써서 일하는 위대한 사람'이라고 말할 수 있겠다. 그렇다면 이런 위대한 사람이 되려면 어떻게 공부할 것인가? 크게 '캐기'와 '짓기'로 나눌 수 있다. 땅속 깊이 다부지게 묻힌 것을 뻘뻘 힘들여서 캐내는 일이 곧 공부이다. 추리 소설의 주인공이 작은 단서들을 오랫동안 캐고 따진 끝에 마침내 결정적인 증거를 잡아내는 것과도 같은 일을 공부는 해내야 한다. 꼬리에 꼬리를 물며 원인을 탐색하고 캐내는 것이 공부의 시작이다.

그러나 '캐기' 못지않게 중요한 것이 '짓기'이다. 공부는 '캐기'에서 시작하여 끊임없는 고통의 '짓기'를 거쳐 완성된다. 이러한 짓기는 농부의 농사짓기처럼 인내를 요구한다. 괭이로 땅을 갈고 밭을 일구고 호미로 이랑을 내고 씨를 뿌리고 풀을 맨 뒤 마침내 수확을 거둬들이는 그 과정이 농사짓기라면 공부 역시 그렇게 지어져야 한다. 이 힘겨운 노동과 물씬물씬한 땀의 결정 없이는 공부의 수확을 기대해서는 안 된다. 아니, 될 수가 없다. 그렇기 때문에 공부하려는 사람은 고통을 즐길 수 있어야 한다. 카르페 파시오 carpe passio, 즉 고통과 함께 살면서 자신의 가장 완성된 '짓기'를 하는 것이 공부라 하겠다. 이러한 고통을 우리가 즐겨야 하는 이유는 명확하다. 공부의 1원칙, 공부에는 공짜가 없기 때문. 하지만 보상도 있다. 공부의 2원칙, 공부는 노력하는 사람을 배신하지 않는다는 것.

공부에는 크게 글 공부와 인생 공부가 있다. 이 책은 두 가지 공부의 모습을 되도록 자상하고 실감나게 보이고자 애썼다. 공부의 유래와 특징들에는 글과 동고동락하면서 느꼈던, 공부란 친구의 내력을 담고 있고, 읽기와 쓰기에는 그 역사를 시작으로 비판적이고 논리적인 공부 방법을 체계적으로 담았다. 또한 끊임없는 인생 공부를 통해 자신의 일에서 마이스터를 꿈꾸는 사람들에 대한 이야기와 21세기 IT와 글로벌리즘 시대가 공부에 끼치는 영향도 살펴보고자 했다.

바라건대 이 책이 요즘같이 어려운 시대에 주저앉지 않고 새로운 꿈을 꾸면서 공부를 시작하는 이들에게 도움이 되기를, 그들의 글 공부 인생 공부에 작은 버팀목이 되기를.

2010년 논밭이 한창 푸르러가는 철에
지은이 삼가

내 공부의 첫 장, '이바구 떼바구 강떼바구'

홀로 앉은 꼬마! 그것은 미처 세상 물정도 모르고 철도 나지 않은 시절의 내 자화상이다. 널따란 교실 또는 광막한 운동장의 외진 구석지에 버려진 듯이 웅크리고 있는 꼬마! 그것이야말로 어린 시절의 내 몰골이었다. 다른 사람의 눈에는 돌멩이 하나 굴러 있는 것쯤으로 보였을지도 모른다.

나는 이를테면 '광장의 고아'였다. 다른 사람과의 어울림, 그런 것과는 아예 인연이 멀었던 것 같다. 무엇보다 약골이었던 탓이 컸다. 함께 친구들과 뛰노는 것은 언감생심, 그야말로 턱없는 일이었다.

유치원에 다니던 시절, 간신히 여섯 살이던 꼬마는 당시로는 그야말로 최연소, 말하자면 가장 나이가 어렸다. 친구들은 전부 일여덟 살인데 나만이 여섯 살이었다. 그래서였을까? 나는 그들과 어울리지 못했다. 외톨이였다. 그 버릇은 소학교 시절 내내 바뀌지 않았다.

　유치원에는 소수였지만 여자 아이들도 껴 있었는데, 당시 유치원 보모라고 일컬어지던 선생님이 사내애들과 계집애들에게 서로 손을 잡고는 뺑뺑 돌며 춤을 추게 했다. 나는 그럴 적마다 줄 바깥에 삐져 나와 있었다.

　남달리 부끄럼을 많이 탄 탓이었을까? 아니면 그 춤이 얄궂게 보인 탓이었을까? 지금으로서는 모르겠지만 아무튼 나는 그 춤판에 껴들지 못했다. 멀찌감치 다른 사람의 잔치를 보듯 바라보는 것이 고작이었다.

　그러나 그 외톨박이가, 그 광장의 고아가 곧잘 열중하는 현장이 있었다. 선생님이 동화나 옛날이야기를 들려주는 자리가 그랬다. 그런가 하면 '가미시바이紙芝居'가 연출되는 자리가 또한 그랬다. 가미시바이는 일본말로 이제 한국에서는 거의 찾아볼 수 없다. 직역하면 '종이 연극'으로 한 편의 이야기나 드라마를 종이에 그려진 여러 장의 그림으로 펼쳐 보이면서 설명과 대사를 읊는 것이었다. 이야기가 수반된 그림 연극인 셈이다. 그것은 아이들에게는 신나는 구경거리가 아닐 수 없었다.

　선생님의 동화는 동화대로 가미시바이는 또 그것대로 내 넋을 빼가곤 했다. 그중에도 내 혼을 더 많이 빼간 것을 꼽자면 아무래도 가미시바이였다. 그림 한 장 한 장을 응시하고 연사가 읊어대는 대사에 귀를 기울이면서 가미시바이에 푹 빠졌다. 그것으로 외톨이는 '몰아의 경지'에 빠져들었다. 자기 자신의 존재를 망각하고 마는 경지에 함몰한 것이다.

그런데 그 가미시바이 덕분에 어린 나는 무엇인가를 감상하고 음미해서 내 것으로 만들어버리는 경지를 익히게 되었다. 그것은 유치원 공부의 으뜸이고 최절정이 아닐 수 없었다.

인간을 이해하고 세상을 알아보는 것이 책으로 하는 공부의 보람이라면 가미시바이는 내게 둘도 없는 책이 되어주었다. 그것은 만화와 닮은 듯 다른, 어린 나를 위한 또 하나의 책이나 마찬가지였다.

만화 읽기가 어린이를 위한 책 공부의 시작이듯이 가미시바이는 더 심층적인 읽기의 단서를 마련해주었다. 더 자라서 소학교에 들어가 글을 읽게 되었을 때 그 읽기 공부의 바탕에는 가미시바이가 자리하고 있었다.

그래서 외톨박이 꼬마는 자아를 찾고 자아를 조금씩 키워갈 토대를 유치원에서 마련할 수 있었다. 드라마든 이야기든 무엇인가를 듣고 읽고 보는 것에 자신을 잊고 열중하는 것이야말로 사람들을 알게 하고 세상을 깨닫게 함으로써 외톨이가 '세계 속의 자아'로 자라는 계기가 된다는 사실을 여섯 살짜리 꼬마는 자신도 모르게 눈치채고 있었던 것이다.

그리고 그것이 훗날 소학교 이후 본격적인 공부의 기틀이 되고 주춧돌이 되었음은 말할 필요도 없을 것이다.

내게는 또 한 가지, 훗날 공부의 기틀이 되고 단서가 된 것이 있다. 그것은 정말 다행스럽고 축복된 일이었다. 그 연장선상에서 나는 소학교 이후 대학이며 대학원까지의 공부를 해나갈 수 있었다.

그것이 무엇일까? 그 엄청나게 요긴한 내 공부의 시작은 무엇이었을까? 흔히들 첫 단추를 잘 끼워야 한다고들 하는데 내 공부의 첫 단추는 어떤 것이었을까?

그것은 할머니의 옛날이야기였다.

"이바구 떼바구 강떼바구, 옛날, 옛날, 한 옛날, 호랑이가 담배 피던 시절에 가난하지만 마음씨 착한 아이가 있었더란다."

이렇게 판에 박은 듯한 첫마디로 시작되던, 바로 그 옛날이야기였다.

"이바구 떼바구 강떼바구…"가 무슨 뜻인지는 물을 필요도 없었다. 이야기란 낱말의 사촌쯤 될 것이라고 어린 꼬마, 여섯 살짜리 꼬마는 짐작했다. 그것으로 충분했다. 더는 묻고 따질 것이 없었다.

그 울림이 재미있었다. '이바구'는 경상도 말로 이야기이고 나머지 '떼바구'나 '강떼바구'는 재미난 말장난, 소리장난인 것을 꼬마는 어렴풋하게 느끼고 있었다.

그것은 꼬맹이에게는 말의 재미가 듬뿍 담긴, 말의 미학 같은 것이었다. "얼레리 꼴레리…"라고 친구를 놀려대던 그 말장난, "이거리 저거리 각거리…"라면서 무릎을 치던 그 놀이와 같은 것이

다름 아닌 '이바구 떼바구 강떼바구'였다.

뜻은 물을 것도 없었다. 다만 그 소리의 울림이 귀에서 메아리치는 것이 재미났다. 드디어는 가슴에서, 머릿속에서 그것은 신나는 율동이 되고 음악이 되었다. 그것으로 족하고도 남았다. 충분히 즐거웠다.

이바구 떼바구 강떼바구…! 그 울림을 따라서 온몸, 온 마음이 출렁댔다. 그것으로 해서 나는 즐겁고 신나게 소리의 재미, 말의 멋을 누릴 수 있었다. 그것이 내가 말소리의 미학에 취하면서 말소리의 기능에 관심을 기울이게 된 동기였다.

말소리는 뜻이며 의미를 담아야만 제구실을 하고, 제값을 지니는 것이 아니었다. 소리 그 자체, 그것이 귀에 일으키는 메아리는 메아리대로, 소리는 소리대로 정말 보람찬 것이었다.

경상도에서 옛날이야기를 시작할 때 내뱉는 '이바구 떼바구 강떼바구'가 지닌 장단의 매력은 또 다른 소리인 '이거리 저거리 각거리 봉사 맹도 또 맹도 도리 김치 장독간…'과 짝을 지어서는 나의 청각만이 아니라 온 신경에 간지럼을 태웠다.

겨우 네다섯 살이 된 꼬마 소녀와 소년은 의식적으로 성을 인식하기 전임에도 남녀가 어울리면 더한층 즐겁다는 사실만은 느끼곤 하는데, 그 느낌이 열매를 맺은 놀이가 어린 내게도 있었다. 그것이 바로 '이거리 저거리 각거리…'였다.

어린 소녀와 소년이 여섯 명 또는 여덟 명 정도 어울렸다고 치

자. 두 편으로 갈라져서는 마주 보고 앉는다. 같은 편끼리 어깨동무를 하고 다리를 나란히 앞으로 뻗은 다음 두 편의 다리를 서로 끼듯이 한다.

그러고는 다들 "이거리 저거리 각거리…" 하고 합창을 하면 술래로 정해진 아이가 다리를 차례로 두들겨댄다. 그러다가 합창의 끝마디에 맞추어서 두들긴 다리는 밖으로 뺀다. 마주 앉은 두 편의 어느 쪽이든 먼저 다리가 모두 빠져나간 쪽이 이긴다. 이긴 쪽이 진 편의 아이들에게 꿀밤을 먹인다.

이런 멋진 놀이는 '이거리 저거리 각거리…'의 장단을 타고는 신명을 떨치게 된다. 그 장단은 바로 놀이의 장단이 되어 놀이의 재미를 부채질한다. '이바구 떼바구 강떼바구'도 마찬가지였다. 할머니가 들려주시던 옛날이야기의 줄거리며 내용도 듣는 나를 매혹했지만 '이바구 떼바구 강떼바구'의 장단은 장단대로 엄청난 것이었다. 그 울림은 흔들, 흔들 온몸을 앞뒤로 또는 좌우로 흔들게 하면서 귓전에서 낭랑하게 메아리쳤다.

이런 소리의 재미에 눈뜨면서, 아니 귀가 트이면서 어린 나의 포에지poésie, 곧 시학은 시작되었다. 시 공부가 시작된 것이다. 시는 무엇보다 소리며 말의 음악이란 사실을 일깨우게 된 것이다.

훨씬 뒷날 민요 〈아리랑〉의 '아리아리 쓰리쓰리 아라리요'와 고려가요인 〈동동〉의 '아으 동동 다리', 그리고 〈청산별곡〉의 '얄리 얄리 얄라셩 얄라리얄라' 등의 멋진 여음餘音이나 후렴에 마음을 빼앗기게 되었을 때 무엇보다 먼저 '이바구 떼바구 강떼바구'가 떠올랐다. '이거리 저거리 각거리'가 다시 울려 퍼졌다.

이들 온갖 소리의 시학, 맨 앞에는 '이바구 떼바구 강떼바구'가 메아리치고 있다. 나의 말 공부, 글 공부의 1장이 거기 어려 있다.

차례 _______

I

호모 스투디오수스의 탄생

공부하는 인간

대한민국은 공부 공화국

"열심히 공부해라."

귀가 따갑고 아프도록 듣게 되는 그 얄미운 말, 그 성가신 말. '공부'란 도대체 무엇일까? 그것이 도대체 무엇이기에 그렇게 야단이고 아우성일까?

온통 공부로 난리가 나 있다. 온 사회며 온 세상이 아예 공부방이 되고 말았다. 집 안의 개인 공부방과 학교 교실만이 공부 자리가 아니다. 각종 모바일 기기 덕분에 손 안이 교실이고 거리가 교실이고 차 안이 교실이다. 스마트폰 따위가 흑판이 되고 책이 되고 공책이 되고 교사가 된 지 이미 오래이다.

유치원에서부터 시작해서 초등학교와 중·고등학교, 그리고 대학과 대학원에 이르기까지 학생에게는 따로 밤낮이 없다시피 하다. '야자'는 어느 학교에서든 밤 12시가 고비이다.

유치원에서부터 대학까지만이 아니다. 대학을 졸업한 뒤 정규 대학원을 이수하는 햇수를 더하면 줄잡아서 17~18년, 넉넉히 잡아서 근 20년은 공부에 매여 있어야 한다. 대학을 마치고 대학원까지 끝내고 일자리를 얻어서 사회인이 되기까지 1~2년 또는 2~3년간 전문 직종의 학원에서 또다시 공부에 시달려야 한다.

그러니 젊음도, 청춘도 온 데 간 데 없다. 오직 공부가 있을 뿐이다. 오늘의 어린이와 젊은이들은 '호모 스투디오수스Homo studiosus', 이를테면 '공부하는 인간'이다. 공부함으로써 비로소 사람이 되는 것이다. 제대로 쉬고 마음껏 잘 겨를도 없이 공부에 목을 매고 있다.

이를 확인시켜주는 통계가 있다. 바로 학원에 관한 통계이다. 입시학원, 검정고시학원, 보습학원 등을 통틀어서 현재 우리나라에는 모두 몇 개의 학원이 있을까? 누구나 어림짐작으로 그 수가 많다는 사실은 알고 있을 테지만 구체적으로 따지고 들면 모두들 깜짝 놀랄 것이다. 지금 한국은 '학원 공화국'이라고 해도 크게 허풍은 아닐 것 같다.

2010년 1월 12일 교육과학기술부와 통계청에 따르면 학원 수와 학생 수는 그야말로 천문학적이다. 1970년 1,421개이던 전국의 학원은 그 수가 1990년에 2만 9,000개, 2000년에 5만 8,000개로 기하급수적으로 늘어나다가 마침내 2008년에는 무려 7만 213개에까지 이르렀다. 학원 수가 38년 만에 자그마치 50.7배로 늘어난 것이다.

　구체적으로 숫자를 다시 알아보면 2000년 이후 일 년에 평균 1,500개 이상 학원이 증가했고 그 수강생 수는 1970년 12만 명이던 것이 2008년에는 468만 명으로 폭발적으로 늘었다. 내친김에 각종 학원 강사의 수를 세어보면 더 놀랍다. 1970년에 6,000명이던 것이 1990년에는 5만 5,000명으로, 2008년에는 무려 18만 7,000명으로 올라서게 된다. 이 숫자는 각급 학교 중에서 교원 수가 가장 많은 초등학교의 교사 수(17만 2,000명)를 앞지르는 것이다. 이 같은 학원의 성장이 지닌 의미에다가 각급 학교 재학생 및 대졸자의 공부 열풍이 의미하는 바를 보태면 대한민국은 그야말로 '공부 공화국'이 될 수밖에 없다.

　이렇게 공부는 온갖 사회 현상과 문화 현상을 선도하고 있다. 공부가 온 나라에서 판을 치는 것이다. 지금 우리 사회는 공부의 아수라장이다.

공부는 대부다?

사정이 이렇다 보니 우리는 공부의 구실과 모습을 더 찬찬히 따져 보아야 한다. 그냥 일방적으로 공부에 휘말리지 말고 정신 차리고 자세 갖추어서 올곧게 공부하기 위해서라도 공부가 무엇인지를, 공부가 어떠해야 하는지를 따지고 캐야 한다.

그러려면 우선 공부란 말의 뜻부터 새겨보는 것이 좋겠다. 공부 工夫의 '공工'은 도대체 무엇이고 '부夫'는 대관절 무엇인지를 캐물어야 하는 것이다.

공工은 흔히 보고 흔히 쓰는 글자이다. '공장工場', '공업工業', '공사工事' 등이 자주 쓰이는 낱말의 대표적인 사례이다. 이들 세 낱말에서 공工은 뭔가를 만드는 것, 뭔가 일을 하는 것 등을 의미한다. 그 사실은 '수공手工'이란 단어에서도 확인할 수 있다. 우리가 손을 놀려서 무엇인가를 만들어내는 것이 다름 아닌 수공이다. '공작工作'도 비슷한 말이다. 더러는 공작을 아주 나쁜 뜻으로 쓰기도 하는데 속 검은 꿍꿍이를 꾸미는 것을 의미할 때가 바로 그렇다.

이렇게 여러 단어들로 미루어보면 무엇인가를 만들고 짓고 꾸미는 것이 다름 아닌 공工이 될 것이다.

그런데 공工은 원래 물건 만드는 연장을 의미하는 한편 사람이 연장을 들고 있는 모습을 의미하기도 했다. 그러니까 공工의 기본 뜻은 '공구工具'와 마찬가지였던 셈이다. 손으로 뭔가를 만드는 도구가 곧 공구이다.

그런가 하면 대장간에서 불에 달군 쇠붙이를 올려놓고 망치질을 해대던 받침틀의 모양을 하고 있는 것이 바로 공工이기도 하다. 이 경우에도 공工이 공구나 공작의 공工과 뜻을 같이하고 있음을 알아차리게 된다.

그런데 옛날 중국 문헌에서 융공戎工이란 말은 전쟁이나 군사에서 쓰는 도구 곧 병기兵器를 의미했으니 이 경우에도 공工은 도구와 마찬가지의 뜻을 갖게 된다.

이처럼 공工은 그 기본 뜻이 연장이고 도구이지만 그와 함께 그런 도구며 연장으로 무엇인가를 만들고 손질하고 짓는 것을 의미하기도 했다.

공工이 그런 뜻을 지니고 있으므로 공부는 일차적으로 '도구로 일하는 사람'을 의미하게 된다. 하지만 글 공부니 학교 공부니 하게 되면 그때의 공工은 손이 아닌 머리로 뭔가를 따지고 캐서 좋은 생각을 만들어내는 것을 의미하게 된다. 이 경우 머리를 도구처럼 써서 좋은 생각을 익히고 빚어내는 것이야말로 공工의 의미가 될 것이다.

그렇다면 공부의 부夫는 무슨 의미일까? 이 글자는 '한 일—' 자 밑에 '큰 대大' 자가 받쳐져 있는데, 이 경우 대大는 손을 들고 있는 사람을 가리킨다. 일—은 그 사람의 머리에 얹혀진 장식품을 가리킨다. 그러니까 부夫는 원래 두건이나 관이나 모자를 쓰고 있는 남자를 가리키는 말이다. 따라서 대부大夫는 그런 모습을 갖춘, 지체 높은 남성을 의미하게 된다.

그런 부夫가 왜 공工에 붙어서 공부가 되고 결국에는 면학勉學이며 연구研究며 연수研修 등과 뜻이 비슷해졌는지는 헤아리기 어렵다. 억지로 공工과 부夫의 원래 뜻을 살려서 오늘날 공부가 갖게 된 의미와 연관지어볼 수밖에 다른 도리가 없을 것 같다. 그러면 공부는 '머리를 써서 일하는 위대한 사람' 쯤으로 풀이될 것 같다.

그런데 이 풀이는 우리에게 매우 큰 도움을 준다. 공부는 머리를 써서 위대한 사람이 되도록 애를 쓰는 것이라고 풀이되기 때문이다.

그렇다. 바로 이 생각으로, 이 풀이대로 공부의 말뜻을 되새기면서 더한층 공부에 열중하는 것이 바로 우리의 공부가 되어야 할 것이다.

머리를 싸매고 쓰고 짠다는 것

우리말로는 공부라고 번역해도 좋을 영어 단어인 '스터디study'는 몇 가지 뜻을 가지고 있다. 스터디는 책 읽기 같은 것으로 지식을 얻는 것 말고도 연구를 하는 것도 의미한다. 그런데 재미난 것은 바로 그 스터디가 진지하게 애를 쓰는 것을 의미하는 동시에 골똘하게 생각하는 것도 의미한다는 점이다. 이것으로 우리는 뜨거운 노력이 공부이고 열심히 머리를 쓰는 것도 공부임을 알 수 있다.

이럴 경우 우리말의 '머리 쓰기'는 우리에게 여러 가지를 생각하게 한다. 우선 머리는 써야 머리라는 것, 머리는 쓰기 위해 달려 있다는 것을 그 말은 가르쳐주고 있다.

이럴 때 '머리 쓰기'는 '머리 굴리기', '머리 돌리기', '머리 짜기' 등과 큰 차이가 없는 말로 받아들여도 무방할 것이다. 머리를 굴리고 돌리고 짜면서 머리를 쓰기도 하기 때문이다. 물론 차이는 조금씩 있을 것이다. '머리를 굴린다'고 하면 부지런히 생각을 굴려서 어려운 일을 풀어나가거나 좋은 생각을 얻어내는 것을 의미할 것이다. 때로 '머리 굴리기'는 '잔꾀 부리기'와 같은 의미로 쓰이기도 하는데, 이때 잔꾀를 부린다는 것이 언제나 나쁜 의미만 지니지는 않는다는 사실을 기억해야 한다.

'머리를 돌린다'는 것도 머리 쓰기의 한 갈래이다. '머리가 돈다'면 정신이 나가거나 어지럽거나 해서 제정신이 아니란 뜻이다. 그러나 '머리를 돌린다'면 사정이 달라진다. '머리가 잘 안 돌아간다'고 하면 무슨 생각이 잘 잡히지 않는다는 뜻인 반면, '머리가 잘 돌아간다'고 하면 생각이 술술 잘 풀린다는 뜻이다. 그래서 '머리를 돌린다'고 하면 머리가 잘 돌아가게 한다는 뜻이기도 하다.

이에 비해 '머리 짜기'는 '머리를 싸매다'와 비슷하게 어느 정도는 '골머리를 앓다'와 의미가 통한다. 이 세 가지 말은 어려움을 당해서 이를 풀기 위해 머리를 쓴다는 의미를 공통적으로 지니기 때문이다. 거기에는 고뇌나 고통이 달라붙어 있기도 할 것이다. 번민이며 번뇌가 들러붙어 있기도 할 것이다.

그러나 '머리를 싸매다'를 '머리를 짜다'와 한데 묶어서 생각해보면 머리로 애쓰고 노력한다는 의미를 이들 두 말이 지니고 있음을 알아차리게 된다. '머리를 싸매다'는 원래 수건 같은 것으로 머리를 질끈 싸매는 것을 가리켰을 것이다. 사람들은 그 말을 쓰면서 머리를 다부지게 옥죄면 무슨 좋은 생각이 우러날 것이라고 생각했는지도 모를 일이다.

'머리를 짠다'를 두고도 비슷한 생각을 해보게 될 것 같다. '짜다'는 '짜내다'와 같은 뜻으로 쓰여도 별탈이 없는 말로 원래는 과일이나 씨앗 같은 것의, 물기 있는 알맹이를 꼭꼭 짜서 꺼낸다는 의미였을 것이다. 그런가 하면 다른 한편으로는 빨래 등 물에 젖은 것에서 물기를 짜낸다는 의미이기도 했을 것이다. 그런데 '머리를 짠다'라는 비유법은 후자보다는 전자와 더 깊은 관계를 맺고 있을 것 같다. 무엇이든 좋은 알맹이를 짜내듯이 머리에서 그럴듯한 생각을, 또는 아이디어를 얻어내는 것을 두고는 '머리를 짠다'라고 했을 것 같다.

그렇다. 공부는 머리 싸매기이자 머리 짜기이다. 머리를 싸매고 짜면서 머리를 쓰는 것이 공부이다. 우리말의 머리 싸매기나 머리 짜기는, 그리고 그 둘을 포괄하는 '머리 쓰기'는 공부의 정체에 대해서 기가 막히게도 기찬 생각을 간직하고 있다.

공부하는 우리는 어떻게든 '머리 싸매기'와 '머리 짜기'로 이루어진 '머리 쓰기'를 해야 할 것이다. 기를 쓰고 용을 써서.

공부의 1원칙, 공짜는 없다

그렇다. 공부는 머리 싸매기이고 머리 짜기이다. 머리 쥐어짜기이다. 싸매나 짜나 쥐어짜나 어차피 용을 써야 하고 기를 써야 한다. 악을 쓰기도 해야 한다. 바락바락 써야 한다. 그러니 공부는 노동, 그것도 중노동이다.

그리고 때로 공부라는 중노동은 이해타산이 잘 안 맞을 때가 있다. 모처럼 고생, 고생, 그것도 생고생을 하지만 결과는 늘 보람찬 것이 아닐 수도 있다. 100퍼센트 헛고생은 아닐지라도 어느 정도 헛고생이 되지 말라는 법은 없다. 모처럼 늦은 밤까지 잠도 자지 않고 힘들게 시험공부를 했는데도 성적이 도리어 고개를 돌리고는 딴 전을 피우고 만 꼴을 누구나 한두 번은 당해보았을 것이다.

하지만 그것을 핑계 삼아서 머리 쓰기의 중노동을 그만둔다면 머리가 텅텅 비고 만다. 성적은 아예 낙제점으로 바닥을 칠 것이 뻔하다. 그래서 공부하는 사람이 머리 쓰기의 중노동을 피해갈 수는 없다.

공부에는 공짜가 없다. 불로소득, 이를테면 힘들이지 않고 애쓰지 않고도 소득을 올리는 따위의 일은 없는 것이다. 돈을 벌거나 사랑을 얻는 일에는 더러 그런 행운이 따를지 몰라도 공부에는 어림도 없다.

공부에는 공짜가 있을 수 없다. 단 한 푼이라도 그냥 생기는 따위의 일은 공부에서는 기대하지 말아야 한다. 공부는 '놀고먹기'에 질색하고 등을 돌린다.

더도 말고 덜도 말고 꼭 일한 만큼만 번다.

정의롭고 밝은 사회라면 어디에서나 통할 법한 이 말은 공부에도 안성맞춤으로 들어맞는다.

더도 말고 덜도 말고 꼭 머리 노동한 것만큼만 얻는다.

이것이 공부의 으뜸 원칙이다. 결국 공든 탑이 무너지지 않는 것이 공부이다. 공부는 공든 탑이다. 그나마 예사로운 공든 탑이 아닐 것이다. 아무리 낮아도 5층, 잘하면 7층은 될 법한 탑이다. 하늘 높은 줄 모르고 당당히 솟아서 누구나 우러러볼 수 있도록 소슬하게 우뚝 서 있을 것이다. 그것도 단단한 돌, 굳은 돌로 쌓아올린 석탑일 것이다. 아니면 철탑일지도 모른다. 그 탑은 공부에 공짜가 없음을 말없이 웅변해줄 것이다.

그 탑은 머리 싸매기이고 머리 짜기이고 그래서 머리 쓰기이기도 한 글 공부나 책 공부에 대한 응분의 보상일 것이다. 그 탑은 노력이고 땀 흘리기인 공부가 마땅히 이룩해야 할 귀한 결과일 것이다.

그렇다. 불로소득이 없고 공짜가 없는 머리의 중노동이 공부라면 필경 공부는 노력이고 또 땀일 것이다. 억척 부리기이고 심하게는 악지이고 악짓손일지도 모른다. 악바리짓일 수도 있을 것이다.

책에 눈씨며 눈정기가 쏠린 나머지, 그것도 강하고 뜨겁게 쏠린 나머지 책의 페이지에 구멍이 뚫릴지도 모른다. 밤늦도록 책을 읽다가 그만 깜빡 졸아서 이마가 책상에 박힌 나머지 책상이 온통 진땀으로 젖어 있기도 할 것이다.

뿐만 아니다. 여름이면 더운 것도 잊고 오랫동안 의자에 붙박이듯이 앉아서 공부하다가 문득 조금 쉬어보자고 일어서는데 그만 의자가 엉덩이에 달라붙어서 떨어지지 않던, 조금은 익살맞은 경험! 땀에 전 엉덩이 밑에서 의자 바닥이 온통 땀으로 불어 있었던 그 경험! 책상 위에 손수건을 놓아두고 이마에 흐르는 땀을 닦아내곤 하는 것은 이에 비하면 그야말로 양반이다. 땀도 땀 나름이다.

이렇게 공부는 노력이고 땀이다. 땀으로 공부는 보석 알처럼 아름답게 결정結晶을 이룰 것이다. 학생으로서, 공부하는 사람으로서 이마에 줄줄이 어리는 땀방울! 그것은 마음과 정신이 이룩해낸 보석 알이다.

카르페 파시오, 고통을 즐겨라!

땀 한 방울 한 방울이 모여서 거대한 결실을 맺는 공부. 그것을 운동으로 환원하면 마라톤경주에 비유될 것이다. 무려 42.195킬로미터의 대장정! 우리나라의 이수里數로 고치면 자그마치 100리를 훌쩍 넘긴 거리이다. 몇 시대 전, 그 옛날의 나그네라면 걸어서 하루해로는 어림도 없는 거리이다. 꼬박 이틀은 더 걷고 또 걸어야 한다.

뛰는 사람 스스로가 자신의 속도를 조절하고 자기의 컨디션을 스스로 알아서 다스려야 한다. 그것은 자기 통제이다. 그것도 두 시간 반 안팎에 걸친, 지루하고 끈질긴 자기 통제! 마라톤에서는 자기와의 싸움을 일차적으로 해내야 한다. 다른 경주자들과의 경쟁은 이차적인 문제일 뿐이다.

지치고 지쳐서 모든 것을 내던지고 어디에든 주저앉고 싶은, 그 질기게 이어지는 충동을, 그 끈적대는 욕망을 이겨내야 한다. 오직 앞을 보고 인간 아닌 기계처럼 내달려야 한다. 그런데 공부도 그래야 한다. 공부에도 템포tempo가 있기 마련이다. 속도는 공부하는 사람 각자가 조절해야 한다. 너무 서둘러서는 안 되지만 그렇다고 너무 지척대서도 안 된다. 머뭇거린다 해도 그것은 열중해서 따지고 캐느라 그런 것이어야 한다.

그러면서 공부는 끈질겨야 한다. 공부하는 사람은 한 번 마음을 먹으면 죽자고 달라붙어야 한다. 마라톤을 하듯 끝까지 차근차근 달려야 한다. 중간에 싫증이 나면 공부에 마음을 쏟지 않는 탓이라고 생각하고 스스로 채찍질하여 계속 뛰어야 한다. 물론 뛰는 동안 목적지도, 해답도 내다보이지 않을 수도 있다. 하지만 그럴수록 그런 막막함을 더 부지런히 달려오라는 손짓으로 받아들여 힘을 내야 한다.

하지만 뛰다 보면, 무려 42.195킬로미터라는 거리를 내처 달리다 보면 지칠 수 있을 것이다. 싫증도 날 것이다. 그러나 마라톤 선수는 42.195킬로미터라는 전체 과정을 질기고도 모질게 주파해서 마침내는 마지막 결승점을 통과한다. 공부라는 것도 마찬가지이다. 처음 마음먹은 대로 필요한 전 과정을 줄기차고 끈질기게 달리기로는 마라톤과 같다. 어려운 과제와 씨름할수록 더한층 그럴 것이다.

공부가 늘 마음먹은 대로, 또 기대한 바와 같이 순조롭게 풀리기만 하는 것은 아니다. 아니, 그렇게 호락호락 풀리지 않기에, 쉽사리 앞이 내다보이지 않기에 공부는 더욱더 공부다워지는지도 모른다. 미리 앞이 빤히 내다보이는 길이라면 왠지 달리기도 싱거울 것이다. 가는 보람도 애쓰는 보람도 별로 없을 테니까.

굽어 있고 막혀 있는 길을 가는 공부는 광맥을 캐는 것과 마찬가지이다. 그것도 이미 파인 갱도를, 굴길을 가는 것이 아니라 새로이 길을 내고 굴을 뚫으면서 어둠 속을 가고 또 가야 한다. 깜깜한 땅 속, 어두운 땅 밑에 비로소 길을 여는 것이라, 그것이야말로 개척이다. 모험을 겸한 개척이다.

공부를 지하의 갱도, 이를테면 광산의 갱도를 가는 것과 견주다 보니 문득 떠오르는 것이 있다. 그것은 다름 아니라 라이너 마리아 릴케Rainer Maria Rilke의《두이노의 비가Duineser Elegien》이다.

이 작품에서 주인공은 스스로도 미처 이것이라고 다잡아보지 못한 것을 찾아서 헤맨 끝에 마침내는 웬 굴길에 다다른다. 그때 마침 그가 올 것을 미리 알고서 기다리기라도 한 것처럼 젊은 여인이 그를 맞이한다. 그녀는 주인공을 이끌고 갱도로 들어선다. 두 사람은 꼬불꼬불하고 좁디좁은 굴길을 걸어가게 된다. 얼마를 그렇게 헤맸을까? 갱도 깊숙이 막다른 곳으로 주인공을 이끌던 여인이 마침내 발걸음을 멈추고는 그 앞의 광맥을 가리키면서 이렇게 말한다.

"이것은 인간이 겪을 고통이라는 이름의 광맥입니다. 고통의 으뜸인

원 작품에 꼭 이렇게 되어 있는 것은 아니다. 이 대목은 필자가 기억을 더듬어서 옮겨놓은 것에 지나지 않는다. 하지만 원 작품의 큰 뜻은 대충이나마 담고 있을 것 같다.

그렇다면 《두이노의 비가》의 주제가 담긴 이 대목은 무엇을 말하고 있는 것일까? 그것은 단적으로 고통을 피하지 말고 적극적으로 대면하라는 뜻이다. 결국 카르페 파시오 carpe passio, 즉 고통과 함께 살면서 고통을 즐기라는 말이다.

고통을 피하면 절대로 고통을 이기지 못한다. 고통과의 싸움에서 승리를 거두는 것, 그것은 인생에서 마지막 월계관을 쓰는 일이다. 그러니까 고통을 이겨내고 즐기게 되면 이는 오히려 행복이나 평화의 씨앗이 되기도 한다는 것이다. 그래서 결국 인생이란 고통과의 맞겨룸이라고 말하기도 하는 것이다.

그렇다. 공부도 이 광맥으로 들어가 고통의 원석을 캐내는 것과 다를 바가 없다. 지루하고 어려운 길을 가는 것이 다름 아닌 공부이다. 그것이 쉽지 않다는 사실은 누구나 직접 겪어서 알고 있을 것이다. 그래서 공부는 고통이기도 하다.

　결국 공부는 고통과의 싸움이 될 수밖에 없다. 그런데 겪어만 내
면 그 싸움은 보람을 안겨다줄 것이다. 누구나 좋은 성적을 거두는
승리자가 될 테니까.
　"카르페 파시오! 어려울수록, 힘들수록 공부의 고통을 즐겨라!"
우리에게 공부는 그렇게 소리치고 있다.

공부의 2원칙, 배신은 없다

앞서 소개한 공부의 1원칙에 따르면 공부는 인플레이션도 없고 디플레이션도 없이 꼭 노력한 만큼을 얻을 수 있게 해준다고 했다. 그렇다면 공부의 2원칙은 무엇일까? 당연히 '공부에는 배신이 없다'는 것이다. 공부해서 얻은 것은 꼬박꼬박 그리고 차곡차곡 공부한 사람의 머릿속에 챙겨지기 마련이다. 돈은 더러 벌어서 다른 사람들 손에 넘어가고 권력 역시 아무리 움켜쥐어도 10년을 가지 못한다. 심지어 힘들게 쌓아올린 명성도 다른 사람에게 넘어갈 수 있고 정보 역시 마찬가지이다. 하지만 공부는 그렇지 않다. 공부에는 절대 배신이 없다.

일단 공부를 해서 머리에 챙겨 넣으면 언제까지나 그 배움은 머릿속 창고에 보관된다. 그렇게 머릿속 창고에 보관된 배움은 영원한 밑천이자 재산이 된다. 그렇기에 공부하는 사람은 "공부해서 남 주랴?"라는 한마디 금언을 마음에 새겨야 한다.

그렇다고 공부가 인색한 구두쇠라는 뜻은 아니다. 오히려 남달리 공부를 더 많이 해서 머릿속 창고가 넘쳐날수록 다른 사람에게 더 많이, 더 자주 나누어주게 된다. 그렇게 다른 사람에게 나누어주는데도 머릿속 창고에 재어놓은 지식의 재고량이 줄어드는 일은 없다. 오히려 다른 사람에게 나누어주느라 머리를 쓰면 쓸수록 이미 챙겨져 있는 지식이 새로운 생기를 얻기도 한다. 공부란 그런 것이다. 공부에서 얻는 수확은 그런 법이다.

공부하느라 머리를 짜고 싸매고 쓰는 일은 밭갈이에 견주어질 수 있다. 공부는 책이나 컴퓨터에서, 아니면 아이폰에서 그냥 피동적으로 지식을 얻어내고 삼키는 것에 그치지 않는다. 머리를 쓴다는 것은 기억해서 보관하는 것에 그치지 않는다. 머리를 쓴다는 것은 머리를 경작하는 것, 다시 말해 밭을 갈 듯이 머리를 갈고 다듬는 일까지도 해내야 한다. 머리에도 고랑을 파고 이랑을 내야 한다. 그러고는 김을 매야 한다. 그것이 머리 쓰기이다.

그렇게 해서 머리 쓰기는 '짓기'가 되기도 한다. 머리를 써서 창작도 하고 창조도 하는 것이다. 밭을 갈아서 농사를 짓듯이. 밖에서 주어지는 지식을 간직만 하는 것은 피동적이고 소극적으로 머리를 쓰는 것이다. 농사일에 견줄 때 그런 머리 쓰기는 이삭 줍기에 지나지 않을 수도 있다. 이미 다 익어 있는 것, 그나마 누가 주워가도 그만으로 논밭에 흩어져 있는 것이 바로 이삭이다.

밖에서 들여오는 것을 알뜰하게 손질하고 넉넉하게 거름을 주어서 갈고 길러서 마침내 제몫으로 거두어들이고 관리하고 경영하는 것이야말로 머리 쓰기의 능동적이고 적극적인 기능이다. 공부는 이 경지에서 비로소 제 보람을 누리게 된다. 공부는 창조이다. 창조이기에 공부는 참답게 에누리 없이 나의 것이 된다.

그래서 "공부해서 남 주랴?"라는 말은 또 다른 차원의 의미를 갖게 된다. 공부는 바로 영원한 지적 자산, 그것도 나 혼자만이 창조하고 나 혼자만이 활용하는 것이라 봐도 좋다. 갈고 맨 만큼, 싸매고 짜낸 만큼 알뜰하게 내 것이 되는 공부이기에 그것은 다른 누구에게도 넘어갈 수 없는, 영원한 나만의 것이다. 영원한 나의 창조이다.

"첫 페이지가 책 한 권"

밭인 듯이 논인 듯이 머리를 갈고 이랑을 일구고 고랑을 파고 또 파서 누구나가 오직 제몫으로만 지식을 가꾸는 공부, 그것은 우리 누구나가 창조주라는 자부심을 갖게 해준다. 오직 내 차지이고 다른 사람에게 넘겨주지도, 내어줄 수도 없는 나만의 소유물, 그것이 바로 공부이다.

그렇게 해서 우리 누구나 삶을 가꾸고 생활을 이룩해나간다. 내가 내 인생의 관리자요, 경영주가 되는 것이다. 그래서 공부는 인생을 운영하는 동력이 된다. 또 지적인 펀드가 된다. 다시 말해 우리의 머리는 지식의 창고로 끝나지 않고 지식의 '저축형 펀드'가 된다. 그나마 원금이 줄거나 깎이는 일은 절대로 없는, 정말 안전한 저축형 펀드이다. 아니, 정말 묘하고 멋지게도 오히려 갖고 있는 것만으로도 원금이 늘어나고 증액되니 여간 귀한 펀드가 아니다.

하지만 뭔가를 머리에 저축하기 이전까지, 공부가 수확으로 이어져서 저장을 하게 되기까지는 여간 공이 드는 것이 아니다. 그래서 공부는 공들임이기도 하다. 애쓰고 노력하는 것, 그것이 바로 공부이다. 노동과도 같은 것이다. 그것도 중노동 같은 것이다.

그러다 보니 공부를 시작하기 전에 미리 겁부터 난다. 공부를 가까이할 엄두조차 내지 못할 수도 있다. 되도록이면 나 몰라라 하고 멀리하고 싶어지기도 한다. 공부란 그렇게 손대기가 어려운 것이다. 그러나 그럴수록 굳게 다짐해두어야 한다.

"시작이 반이다!" 바로 이 한마디를 부르짖어야 한다. 마음속으로 크게, 더 크게 외쳐야 한다. 어느 책이든 첫 페이지를 읽고 넘기면 대성공이다. 첫 페이지를 읽었다면 책을 이미 절반은 읽은 셈이니까. 그러면 저절로 "천리 길도 한 걸음부터"라는 속담을 스스로 실천한 것이 된다. 첫발을 내디디지 않고는, 최초의 첫걸음을 내딛지 않고는 천리 길은 영영 천리로 남아 있을 것이다. 첫발을 성큼 내디디면 바로 그때 천리 바깥이 성큼 다가설 것이다.

공부도, 책 읽기도 마찬가지이다. 어느 책이든 "첫 페이지가 책 한 권"이라는 마음가짐으로 대해야 한다. 그렇게 다짐해두어야 한다. 그리고 그 다짐을 실천에 옮겨야 한다.

우선 첫 페이지를 말끔히 읽는다. 그리고 그 마지막 한 줄을 머리로 삼킨 다음 오른손 검지를 들어 페이지의 오른쪽 구석을 살짝 접듯이 감쳐 올려서 책장을 넘긴다. 이제 오른손 검지는 뉴턴Isaac

Newton의 운동 제1법칙을 따를 것이다. 다시 말해 관성의 법칙에 따라 책장은 잇따라 팔랑팔랑 넘어갈 것이다.

그러면서 스스로 깨달을 것이다. 책을 읽는 것이나 공부를 하는 것이나 결국에는 얼마나 깡다구를 부리느냐에 따라 결판이 난다는 것을. 마음을 모질고 독하게 먹고 덤벼야만 공부의 첫걸음을 내디딜 수 있음을 알아차릴 것이다.

그것은 오기이다. 악지 부리기이다. 다른 사람에게 지지 않기 위해서가 아니라 내가 내게 넘어가지 않기 위해 용을 쓰지 않는다면 공부는 가망 없다. 게으르고 싶다면 입술을 깨물어야 할 것이다. 책에 손을 댈 마음이 생기지 않는다면 그 마음이란 것에 스스로 모질게 채찍질을 해야 한다.

첫발을 내딛는 것으로 천리 길이 시작하듯이 첫 페이지만 읽어서 넘기면 그까짓 100페이지나 200페이지쯤이야 식은 죽 먹기일 수도 있다. 한 페이지를 읽었다면 한 권의 책을 독파하는 것도 어렵지 않을 것이다.

그러기에 깡다구를 부려서 첫 페이지에 달라붙어야 한다. 억척같이 첫 페이지를 물고 늘어져야 한다. 그러면 그 깡다구는 책의 마지막 페이지에 이르도록 숨이 죽지 않을 것이다. 친구와 씨름을 할 때도, 달리기 시합을 할 때도 깡다구를 부려야 하듯이 책 읽기에도, 공부에도 세차게 깡다구를 부려야 한다.

'누어 아르바이텐'의 즐거움

앞에서 공부의 본성과 공부하는 사람의 마음가짐 그리고 공부에
도움이 될 지침 등을 다루었다. 그런 중에도 공부가 힘겹다는 것,
그래서 공부하는 사람으로서는 힘겨움을 이겨내기 위한 마음의
자세가 절대로 필요하다는 이야기도 함께 했다.

또한 공부가 머리 싸매기이면서 머리 짜기라는 사실을 비롯해서,
그래서 공부가 중노동일 수밖에 없다는 사실까지 지적했었다. 뿐만
아니다. 중노동인 공부는 마땅히 땀이라서 고통과의 싸움이기도 하
다는 이야기도 했다. 요컨대 공부는 쉬운 일이 아니다.

"트라바이에 투주르 Travaillez toujours!" 이 말은 프랑스어로 '언제
나 일하라'는 뜻이다. 이 말은 라이너 마리아 릴케가 이름이 나기
전 아주 가난한 시절에 저 유명한 〈생각하는 사람〉의 조각가 로댕
François Auguste René Rodin에게서 귀에 못이 박이게 들은 소리이다.
당시 릴케는 로댕의 비서 노릇을 하고 있었다.

릴케가 그 말을 독일어로 옮긴 것이 바로 "누어 아르바이텐Nur arbeiten!"이다. 아르바이트arbeit란 단어는 한때 고학하는 학생들이 학비를 벌기 위해서 하는 노동이나 일을 일컬어서 우리나라에서도 많이 사용되었는데 그 동사형이 다름 아닌 아르바이텐arbeiten이다. '누어nur'는 '오직' 또는 '다만'과 같은 뜻을 지니고 있다. 공부도 '누어 아르바이텐' 해야 한다. 땀을 흘려서 일을 하듯이 공부도 해야 한다.

하지만 "고생 끝에 낙이 온다"는 말은 공부에도 통한다. 아니, 그 정도가 아니다. 괴로움인 공부에는 재미도 깃들어 있다는 사실을 놓치면 안 된다. 공부에도 고생 가운데 낙이 있기 마련이다.

공부는 신명으로 해야 하고 재미로도 해야 한다. 어려움을 이겨내고 힘든 것을 무릅쓰고 온전히 빠져서 실컷 재미를 누리게 되는 것이 바로 공부이다. 공부는 재미로도 해야 한다.

물론 낑낑거리고 끙끙거리지 않고는 공부가 되지 않는다. 아니, 못한다. 하지만 공부는 결국 그 낑낑댐의 보람을 누릴 수 있게 해준다.

그러나 처음부터 너무 부담스러운 책이나 과제를 고르지 않는 것이 좋을 듯하다. 자신의 실력에 알맞은 정도, 아니면 그보다 조금 수준이 높은 정도의 책이나 과제를 골라야 한다. 그리고 그 책이나 과제에 머리를 박고는 정성을 바치다 보면 어느 겨를엔가 조금씩 어려움이 풀리고 이해가 늘어난다. 그렇게 책의 내용을 알뜰하게 받아들이게 되면 그때부터 재미가 솔솔 붙기 시작한다.

그러다가는 그만 자기도 모르게 책에 빠지고 공부에 빠지게 된다. '독서삼매讀書三昧'에, 그리고 '공부삼매'에 흠씬 젖어들게 된다. 독서삼매에서 삼매三昧는 삼매경三昧境이라고도 하는데, 이는 무슨 일에 넋이 빠지도록 열중해서 그만 자신도 잊어버리고 마는 마음의 경지를 일컫는다.

책 읽기의 경우라면 이럴 때 외곬으로 책에 넋이 팔린 나머지 누가 옆에서 불러도, 심지어 몸을 흔들어도 책에서 눈을 떼지 않게 되는 것이다. 억지로 누가 잡아흔들면 마치 잠에서 깨어난 듯이 책 읽던 사람은 이렇게 중얼거릴 것이다.

"아, 내가 무슨 단꿈을 꾼 걸까?"

이렇듯이 책 읽기도 그리고 공부도 신명나는 것이 되고 재미나는 것이 될 수 있다. 이런 상태로 책 한 권을 읽어낸다든지, 과제를 하나 풀어내면 개선장군이 된 듯이 승리감에 또는 성취감에 흠뻑 도취하게 될 것이다. 그러면서 릴케가 '누어 아르바이텐'으로 20세기의 가장 위대한 시인이 되었음을 떠올려도 좋을 것이다.

스투디움의 4대 의미

지금까지 공부 그 자체의 알맹이를 비롯해서 그것이 우리 삶과 갖는 만만찮은 관계도 살펴보았다. 뿐만 아니라 공부하는 태도며 자세 그리고 마음가짐에 대해서도 웬만큼은 캐보았다. 이제 바야흐로 '스투디움Studium'이란 말의 의미를 이야기하면서 공부 그 자체의 궤적을 다시 한 번 정리해보면 좋을 것 같다.

누구나 얼핏 보아서 짐작하듯이 스투디움은 영어 '스터디study'의 뿌리가 되는 라틴어 단어이다. 가령 '스튜디오Studio'라고 하면 요즘은 흔히 사진촬영실이나 방송실 등을 의미하지만 원래는 이 단어도 스투디움과 무관하지 않기에 작업실을 의미하기도 한다. 그렇다면 그것에다 공부방의 의미를 곁들여도 큰 잘못은 아닐 것이다.

이런 곡절이 엉켜 있는 스투디움은 여러 의미를 간직하고 있다. 그것도 종류가 다양한, 몇 묶음의 의미를 지니고 있다. 첫 번째 의미는 애쓰고 노력하기와 부지런하기 등이다. 두 번째는 무엇인가에 관심을 쏟아 부으면서 골몰한 채 몸과 마음을 바치는 것이다. 그러자니 세 번째로는 열정, 집념, 열중이 한 묶음으로 다루어져도 좋을 것이다. 그런데 스투디움의 의미는 여기서 그치지 않는다. 네 번째로는 교양을 비롯해서 학문을 갖추는 것까지도 의미한다. 요컨대 노력, 헌신, 열정, 교양, 바로 이 넷이 스투디움이다. 이 넷을 스터디의 어원인 스투디움의 4대 의미로 강조해두고 싶다.

그러나 그렇게만 말하고 지나가버릴 수는 없다. 이 낱말에는 이미 조목조목 살펴보았듯이 공부가 뭔가를 다시금 생각해보게 하는, 만만찮은 여러 값진 뜻이 갖추어져 있기 때문이다.

스터디와 연관지어서 의미를 따지고 있으므로 스투디움의 네 가지 의미 중 공부나 면학을 나머지 셋에 앞서 살펴보고 싶다. 그러면 결국 스투디움은 공부하는 기본적인 태도에 대해서 말해주게 된다.

공부를 하되 노력과 헌신과 열정을 다해서 하라고 스투디움은 일러주고 있다. 그러나 우리는 여기서 한 걸음 더 나아가야 한다. 그 낱말의 보다 더 적극적인 의미까지 생각해야 한다.

그것은 다름 아니라 "공부는 노력이고 헌신이고 열정이니라!"라고 당당하고 우렁차게 스투디움이라는 단어가 웅변하고 있다는 사실이다.

우리는 이 장에서 공부가 무엇인지를 곰곰이 따져왔다. 또 공부는 어떻게 해야 하는지도 캐보았다. 그런 중에도 예사 의지가 아닌, 투지라고 해야 할 의지가 우리의 공부에 따라붙어야 한다는 사실을 곳곳에서 강조해왔다. 또한 그 의지가 땀으로 젖고 땀으로 범벅이 되어야 한다는 사실도 마찬가지로 강조해왔다. 지금 여기서 살핀, 스투디움이라는 단어의 의미가 거듭 그 사실을 강조한다는 점을 공부하는 우리는 마음에 새겨야 한다.

II

머리에서 발까지,
책상에서 책가방까지!

공부의 다양한 풍경

머리, "인간은 생각하는 갈대"

누가 뭐라고 하든 간에 공부는 머리로 한다. 공부는 원칙적으로 머리 공부이다. 이 점은 앞 장에서 이미 어느 정도는 이야기한 사실이다. 앞 장의 내용을 곁눈질하면서 공부에서 머리가 차지하는 몫을 거듭 캐보고자 한다. 그만큼 공부에서 머리가 차지하는 비중이 압도적이기 때문이다.

(1) 머리를 굴리다, 머리를 쓰다, 머리가 돌아가다, 머리가 깨다
(2) 머리를 썩이다, 머리가 복잡하다, 머리를 싸매다, 머리를 쥐어짜다
(3) 머리에 새기다, 머리에 넣다, 머리에 모으다, 머리에 그리다
(4) 머리를 모으다, 머리를 맞대다
(5) 머리가 굳다, 머리가 돌다, 머리가 무겁다

우리말의 머리라는 낱말은 이토록 다양하게 쓰이고 있다. 더불

어 머리라는 낱말은 우리의 머리를 복잡하게 만들고 있다. 여간 헷
갈리는 것이 아니다. 여기 소개한 말들은 모두 머리라는 낱말과 얽
혀서 널리 쓰이는 관용어구들이다.

(1)에서 (5)까지 각 어구들은 그 쓰임새가 다르고 뜻이 다르다.
정확하게 다른 낱말을 꼬집어서 따져보지는 않겠지만 머리 외에
어떤 낱말이 이토록 다양한 어구를 빚어낼까? 이 다섯 무리의 어
구들이 지닌 뜻을 차례로 살펴보면 다음과 같다.

(1)은 사고가 능동적으로 또 적극적으로 이루어지고 있음을 알려준다.

(2)는 정신적인 고뇌나 번민을 겪고 있음을 나타낸다.

(3)은 기억 또는 기억력과 관련된 어구들이다.

(4)는 두 명 이상의 사람이 같은 문제를 가지고 생각을 나눈다는 뜻
이다.

(5)는 사고나 정신 상태가 바람직하지 못함을 의미하는 어구들이다.

(1)에서 (5)까지 모두 17개의 어구는 머리라는 낱말의 쓰임새
와 함께 머리라는 인간의 생체 기관이 지닌 다양한 기능을 일깨워
준다. 이들 어구에서 머리는 생각의 기틀이고 바탕이다. 머리란
그리고 머릿골이란 원래 그런 것이다. 그러니 머리가 없으면 공부
고 뭐고 다 헛소리가 될 것이다.

'머리를 굴리다'를 비롯해서 '머리가 무겁다'까지 도합 17개의

어구들은 단적으로 우리 인간이 머리로 생각하고 정신을 쓰고, 따라서 머리로 공부한다는 사실을 일러주고 있다. 우리가 무엇인가를 기억하고 무엇인가를 말로 나타내고 또 무엇인가를 이해해서는 그것을 두고두고 고민하고 판단하는 것은 모두 다 뇌의 구실이다.

그런데 기억력과 언어력에서부터 이해력과 사고력과 판단력에 이르기까지 이 모든 인간의 정신력은 마침내 공부로 매듭지어진다. 그러니까 당연히 공부는 머리가 도맡아낼 것이다. 수리나 과학 공부는 좌뇌가 주로 맡아서 해내고 음악, 미술, 문학 등 예술 분야의 공부는 우뇌가 맡아서 해낸다. 머리가 없으면, 뇌가 없으면 공부는 아예 꿈도 꿀 수 없다.

인간을 '호모 사피엔스Homo sapiens'라고 한다. 흔히 '예지叡智의 인간'이라 번역하지만 '지식의 인간'이라 옮겨도 괜찮을 것이다. 또는 '머리가 있는 인간'으로 번역되어도 괜찮을 것 같다. 내친김에 아예 '공부하는 인간'이라고 하면 그야말로 안성맞춤일 것이다. 인간은 머리가 있어서 비로소 인간다워진다. 이 말은 공부로 말미암아 인간은 가까스로 인간이 된다고 바꾸어 말해도 좋을 것이다. 너무나도 유명한 파스칼Blaise Pascal의 명언인 "인간은 생각하는 갈대" 역시 "인간은 공부하는 갈대"라고 바꾸어놓아도 그리 어색하지 않다.

그렇다. 인간은 '머리를 통한 공부'로 인간다워지고 '공부하는 갈대'로 또다시 인간다워진다.

공부는 일차적으로는 '머리 공부'이다. 하지만 머리만으로 공부하는 것은 아니다. 공부의 전체를 머리가 독차지하는 것도 물론 아니다. 공부에서 머리에 힘을 보태고 실어주면서 제구실을 단단하게 해내는, 우리의 육신 일부가 있다.

그 가운데 대표적인 것의 하나가 다름 아닌 가슴이다. 공부를 할 때 머리에 버금하게 크게 이바지하는 것이 가슴이다.

'가슴이 찡하다'고 하면 무엇엔가 감동해서 강한 느낌을 갖게 되었다는 뜻이다. 마음이 크게 동하고 생각이 뜨겁게 달아올랐다는 뜻이 되기도 할 것이다. 감정을 통해서 무엇인가가 감지되고 인식되었음을 의미하기도 할 것이다. 그것은 정서적인 지각일 수도 있다.

가령 얼굴 가득 괴로운 표정이 스며나는 친구와 마주 앉았을 때 그가 아무 말도 하지 않아도 그 인상으로 인해 우리 가슴은 짓찢어질 것이다. 그의 얼굴과 우리의 가슴이 통하게 된 것이다. 이럴 때 우리는 감지感知라는 말을 쓰게 된다. 감각으로 또는 감정으로, 아니면 정서를 통해서 뭔가를 알게 되고 깨닫게 되는 것이 다름 아닌 감지이다. 감지도 훌륭한 지각 활동이고 또 인식 활동이다.

그러기에 한국말은 가슴을 두고 여러 비유법을 쓰면서 우리가 뭔가를 감지하고 지각하는 것을 일컬어왔다. 그 가슴의 비유법은 인식이나 지각과 관련된 머리의 비유법만큼 수가 많고 다양하다.

가슴, 인생 공부의 시작

감각이나 지각을 나타내 보이는, 가슴이라는 낱말을 이용한 어구들은 이렇게나 많다. 무슨 일이나 현상이나 인상을 계기로 삼아서 우리가 갖게 되는 감정 또는 감각의 양상이며 변화를 이들 13개의 어구들이 찍어내고 있다.

그런데 이들 어구들은 하나같이 거의 같은 의미를 품고 있다. 한결같이 마음에 사무친 괴로움, 아픔 , 쓰라림 등을 드러내고 있다. 이것은 한국인이 마음이나 심리의 고통에 대한 지각을 굳이 가슴과 맞맺어서 받아들였다는 의미일 것이다. 한국인은 마음의 고통,

심정의 쓰라림을 가슴으로 지각하고 인지하고 깨달아왔다는 의미일 것이다. 다시 말해 한국인은 인생 공부를 가슴을 통해서 해낸 것이다. 뼈저리게.

하지만 아래의 어구는 52페이지에 소개한 어구들과는 대조적인 의미를 지니고 있다.

이들 어구는 기쁨, 만족감, 긍정적인 흥분 등을 나타내기 때문이다. 52페이지의 어구들이 가슴의 음지를 가리킨다면 위에 소개한 어구들은 가슴의 양지를 가리키고 있을 것이다. 마음으로 느끼고 깨달아야 할 인생의 음지와 양지, 인간 감정의 일몰과 일출을 한국인은 가슴을 통해 지각하고 또 나타낸 것이다.

다시 말해 한국인은 인생 공부를 가슴으로 한 것이다. 그러면서 다른 사람의 표정, 인상, 몸짓에 담긴 감정이며 느낌을 읽는 법을 익혀간 것이다. 다른 사람의 가슴을 자기의 가슴으로 읽고 공부한 것이다.

그런데 다른 사람의 감정과 느낌을 읽는 것으로만 우리의 가슴이 제 역할을 모두 한 것은 아니다. 가슴은 자연 공부에서 그리고 시, 음악, 미술 등 예술 공부에서도 큰 역할을 맡는다.

사라져가는 어둠 저 너머로 동트는 해돋이, 수평선 너머의 해돋

이를 마주 보고 있을 때 우리의 가슴은 너무도 벅찰 것이다. 그것은 위대한 자연과의 위대한 교감이요, 교신이다. 그 교감으로 우리는 자연의 의미를 터득한다. 자연의 속내가 우리의 가슴에 깊이 깊이 새겨진다.

이것은 시나 예술에서도 비슷하게 이야기될 수 있을 것이다.

흰 달은 숲을 비추고

나뭇가지마다

잎들 설레면서

울리는 소리

아, 나의 사랑하는 이여

연못의 깊은 거울에

비치는 그림자

검은 버드나무에서

바람은 흐느끼고

　　　ㅡ폴 베를렌Paul Verlaine의 〈흰 달〉에서

숲 속의 나무와 작은 연못에 어린 달빛을 읊은 이 노래는 미처 머리로 분석하고 따질 것이 못 된다. 시를 읽는 사람 자신도 바로

그 숲 속에서 달빛을 쐬고 있는 듯이 온 가슴이 젖어드는 느낌을
받을 테니까.

　시의 정서를 가슴으로 공감하는 것이 바로 시 읽기이고 시 공부
이다. 이럴 때 읽는 대상을 이해하는 데는 머리 못지않게 가슴이
중요한 역할을 한다.

손, 클릭과 터치가 중요한 시대

머리가 공부에서 차지하는 비중은 너무나 크다. 이치를 캐고 이론을 세우고 법칙을 쫓고 문제를 푸는 동안 공부는 거의 전적으로 머리에 의존한다. 초·중·고교의 수업이 거의 머리를 위한 공부로 채워지고 있는 것이 오늘 우리 교육계의 현실이다.

그러나 다른 사람의 속을 헤아리고 자연의 정경을 느끼고 주변 상황을 지각할 때 가슴도 여간 큰 구실을 하는 것이 아니다. 앞에서도 보았듯이 '가슴이 짜릿하다', '가슴이 설렌다'고 할 때 가슴은 중요한 감각 기관이다. 학교 공부에서도 예능 과목은 거의 전적으로 '가슴 공부'가 될 것이다. 이렇듯이 주로 머리와 가슴으로 공부를 하게는 되지만 몸은 물론이고 몸의 일부 예컨대, 손과 발과 다리도 우리의 공부에 이바지를 하곤 한다.

인간을 호모 사피엔스, 이를테면 '지혜로운 인간' 또는 '예지의 인간'이라고 말할 때는 무엇보다 머리가 내로라하고 나설 것이다.

그러나 인간을 '호모 파베르Homo faber', 이를테면 '작업하는 인간' 또는 '수공手工하는 인간'이라고 하게 되면 머리를 밀어내고 손이 내로라하고 나설 것이다.

물론 사람은 '손의 인간'이다. 두 손을 따로 쓰고 놀림으로써 비로소 인간은 인간다워진다. 손은 사람의 본색이다. 극히 일부의 유인원을 빼고는 손을 따로 또 제대로 놀리는 것은 사람뿐이다. 그래서인지 손과 맺어져서 일상적으로 쓰는 어구들이 지천으로 널려 있다.

보기로 든 것은 열 개뿐이지만 이는 극히 일부에 지나지 않는다. 이것은 필경 사람의 사람다운 능력은 그 손놀림 또는 손재주로 헤아려진다는 의미일 것이다. 바로 그 때문에 인간은 모두 호모 파베르가 된다.

따라서 인간은 손으로도 공부하고 면학勉學한다고 말해도 좋을 것이다. 무엇보다 글 쓰기가 그 증거가 될 것이다. 요즘 같으면 컴퓨터의 '클릭'이나 스마트폰의 '터치'가 더한층 절실하고 요긴한 글 쓰기의 증거가 될 것이다. 손으로 누르고 찍는 일이 없다면 당장 이 모바일의 세계는 암흑 천지가 되고 말 것이다. 컴퓨터와 스마트폰으로 말미암아 사람들은 더 간절하고 다급하게 호모 파베르가 된 것이다.

인간은 손으로 글을 씀으로써 문화를 창조하고 역사를 남겨왔다. 공부는 글 읽기만큼이나 글 쓰기에 의지해왔다. 그래서 공부는 손놀림이기도 했다. 오죽하면 옛 선비들은 붓으로 한 글자를 쓰고는 절을 한 번 바쳤다는 이야기가 전해져올까. 그런 선비에게 글쓰기는 학문의 거의 전부였던 셈이다.

극히 최근까지 우리는 공책에 손으로 글을 쓰면서 공부해왔다. 교사도 흑판에 글을 쓰는 것으로 학생들을 가르쳐왔다. 이러니저러니 해도 공부는 손이 한 것이다.

손으로 글씨를 쓰던 시기를 거쳐 타이프라이터를 손으로 치던 시절도 이미 옛날이 되어버렸고 이제는 컴퓨터와 스마트폰 덕분에 손 공부는 어쩌면 머리 공부를 앞지르고 있는지도 모른다. 이제 우리에게 손 공부는 공부의 으뜸으로 자리하고 있다. 보다 더 절실하게 우리는 바로 '호모 파베르'이다.

몸과 다리, '감각하는 인간'

다른 사람의 표정이나 인상만이 아니고 자연의 정경과 예술 작품은 가슴으로 받아들이고 읽고 공부해야 한다고 말했다. 물론 머리도 한몫 거들 테지만 그건 어디까지나 머리가 가슴을 돕는 것이지 가슴이 머리를 돕는 것은 아니다. 하지만 이처럼 우리의 가슴이 감각하고 공감하면서 무엇인가를 읽는다고 할 때 사실은 가슴만이 작용하고 있는 것은 아니다. 온몸이 함께 작용하기도 하는 것이다.

가슴이 짜릿할 때, 가슴이 뭉클할 때 온 피부와 온 살갗이 함께 짜릿함과 뭉클함을 느낀다는 사실을 우리는 이미 생생한 경험을 통해서 알고 있다. 그래서 온 감각이, 온몸이 인식하고 지각하고, 심지어 생각까지 한다고 말할 수 있는 것이다. 따라서 공부도 온몸으로 하게 된다.

파스칼의 이 유명한 말을 우리는 이제 이렇게 고쳐서 말할 수 있다.

우리는 분명히 '사고하는 인간'이지만 동시에 '감각하는 인간'이기도 하다. 우리는 이 사실을 시인해야 한다. 아니, 그렇다고 우겨야 한다.

지난날 너무나 오랜 세월에 걸쳐서 머리의 사고 작용이 인간 조건을 좌우하는 절대 조건으로 군림해왔다. 전적으로, 일방적으로 그래왔다. 짧게 잡아도 르네상스 이후부터 20세기가 다 갈 때까지 그 길고 긴 500년 이상의 세월 동안 그래왔다.

하지만 이제 그래서는 안 된다. 정신이며 머리의 권세가 기울고 있다. 지금은 머리 대신 온몸이, 사고나 생각 대신 감각이 인간을 인간답게 하는 조건으로 떠오르고 있다. 가령 현상학 phenomenology 의 대표적인 철학자인 에드문트 후설 Edmund Husserl 은 인간의 육체를 두 가지로 나누고 있는데 하나는 독일어로 '쾰퍼 Koerper'라고 하고 다른 하나는 '라이프 Leib'라고 했다.

앞의 쾰퍼는 우리말로 몸뚱이라고 하고 뒤의 라이프는 육신이라고 하는 것이 좋겠다. 쾰퍼는 그냥 고깃덩어리이고 살덩이인데 비해서 뒤의 것은 감각의 주체가 되는 것으로 보아도 좋을 것 같다. 신경과 뇌를 활용해서 감각할 뿐만 아니라 지각과 인식의 주체로서 라이프는 기능하고 있다고 보아도 큰 잘못은 없을 것이다.

오늘날 인간의 육체를 보는 시각은 그만큼 달라져 있다. 육체를 통한 지각은 육체에 의한 사고에까지 높여져 있다. 인간은 머리로만 생각하는 것이 아니다. 육체로도 사색하고 사고한다.

그러니 육체가 공부에 관여하지 않을 수 없다. 사물이며 세계를 살펴보고 알아봄으로써 깨달음을 얻고, 그래서 지식을 갖추게 되는 일에서 육체는 단단히 한몫을 해내고 있다.

따라서 생각하는 것은 머리만이 아니다. 가슴과 살갗 그리고 손발뿐만 아니라 다리를 통해서도 우리는 감각하고 생각하고 공부하게 된다. 그런 사실을 우리는 산책散策을 하면서 깨닫게 된다. 산책의 '책策'은 계책計策이나 책략策略의 책策이라서 사색思索의 색索과도 그 뜻이 통한다. 책策은 채찍이고 지팡이인 동시에 생각을 꾸미고 머리를 쓰는 것을 의미하기도 한다. 그러니까 산책은 대책을 생각하고 사색을 하면서 내딛는 걸음걸이라는 뜻이 될 것이다.

그렇다. 천천히 발걸음을 옮기면서 생각에 잠기면 그 걸음걸이가 머리에 작용하여 생각의 매듭을 엮어나가는 것을 느끼게 된다. 발걸음의 율동이 생각의 율동을 거들고 나서는 것이다.

그러다가 거꾸로 생각의 율동이 발걸음의 율동에 변화를 준다는 사실도 깨닫게 된다. 산책을 나가 걷다 보면 불현듯이 발바닥에 닿는 흙의 촉감마저도 생각을 일깨운다는 사실을 느끼게 된다.

다리가 머리와 단짝이 되어서 생각을 엮는다. 그래서 우리는 다리로도 생각하고 공부하게 된다. 이미 말한 대로 사람은 온몸으로 감각하고 사고하고 공부하는데, 몸을 온전히 떠받치고 있고 몸을 거의 전적으로 이동시키는 다리가 생각과 공부에 관여를 하지 않을 수는 없다. 사람은 다리로 걸으면서도 공부한다.

공부의 상징, 책가방

달랑달랑! 초등학생의 등에서 책가방이 달랑대고 있다.

흔들흔들! 중학생의 손에 들린 책가방이 흔들대고 있다.

학교 근처에서, 또는 골목길에서 흔히 보게 되는 이 정경! 나라의 내일이, 인류의 미래가 그렇게 약동하고 있다. 학생의 책가방은 우리의 희망이다.

책가방 안에 무엇이 들어 있는지를 새삼 물을 것은 없다. 책이며 공책 그리고 필통이 그 안에 차곡차곡 챙겨져 있을 것이다. 그래서 책가방 속은 공부로 가득하다. 공부가 달랑대고 공부가 흔들대는 것이다.

더러는 물통이나 작은 장난감도 그 사이에 끼어 있을 것이다. 지난 시절 같으면 그 속에는 으레 도시락이 모셔져 있기도 했을 것이다.

그러나 그 무게며 분위기는 제각각이다. 숙제를 미처 하지 못하고 등교하는 아이의 등에서 책가방은 바위같이 무거울 것이 뻔하다. 같은 반 아이들에게 자랑할 장난감이라도 들어 있으면 그 가방은 등교 길 내내 까불대고 우쭐댈 것이 뻔하다.

시험을 망치고 집으로 돌아가는 길, 손에 든 책가방은 길가에 우거진, 죄 없는 풀 더미를 후려치기 마련이다. 빨간 글씨로 100점이라 적힌 시험지가 들어 있을 때면 책가방은 공연히 등 뒤에서 출싹대기도 할 것이다.

이렇듯이 책가방은 학생의 상징이고 공부의 상징이다.

우리는 누구나 책가방을 메거나 들고는 초등학교와 중·고등학교 시절을 보내고 대학 시절도 보내게 된다. 그러기에 책가방에는 우리의 아동기와 청소년기와 청년기가 간직되어 있기 마련이다. 그 아름답고 신나던 시절의 공부가 책가방에는 빼꼭하다.

어린 남학생 앞을 그 또래의 여학생이 걸어가고 있다. 여학생의 등에 매달린 예쁜 무늬의 책가방이 너무나 곱다. 남학생은 길가 풀밭에서 들꽃을 꺾어 앙증스런 꽃다발을 만들어서는 여학생이 눈치채지 못하게 슬쩍 그녀의 책가방에 꽂는다. 그러고는 스스로도 부끄러워서 여학생을 앞질러 뒤도 돌아보지 않고 도망치듯 내닫는다.

그런 고운 사건이 벌어진 데서 그리 멀지 않은 곳에서는 또 다른 일이 벌어진다. 한 남학생이 앞서가는 친구의 어깨에 매달린 책가방 위에 미리 잡아둔 청개구리를 던져 얹는다. 그러자 그 반작용으로 청개구리는 그만 책가방 주인의 목에 펄쩍 하고 뛰어오른다. 기겁한 그는 목을 만지면서 길바닥에 덥석 주저앉아버린다. 같은 반 친구를 골탕 먹인 남학생이 배를 감싸 안고 웃어젖히면 그의 등에서 책가방도 덩달아서 출싹댄다. 짓궂은 장난이 모두 재미가 되어 책가방은 공부를 부추기고 재촉할 것이다.

또한 어느 날 밤 어느 꼬마의 공부방에서는 아름다운 정경이 움튼다. 그는 어젯밤 숙제를 까먹고 학교에서 혼쭐이 난 것이 억울하다. 그래서 오늘밤에는 정신을 바짝 차려서 제 마음에 쏙 들게 숙제를 말끔하게 해치운다. 숙제를 차곡차곡 간추리고 정리해서 챙겨 넣은 책가방! 그것을 베개 삼아 꼬마는 잠이 든다. 얼마나 지났을까? 꼬마는 꿈을 꾼다. 달디단 꿈속에서 꼬마의 책가방은 보물 상자가 된다. 평소에 꼬마가 탐을 내던 참고서며 동화책이며 만화책이 책가방에서 무더기로 쏟아져 나온다.

"그래 저걸로 공부해야지!"

꼬마는 제가 꿈속에서 부르짖은 소리에 놀라 화들짝 꿈을 깬다.

이렇게 책가방은 공부의 기운을 북돋우고 공부의 재미를 솔솔 솟아나게 한다.

책꽂이, 주인의 얼굴 같은 것

우리는 보통 책꽂이가 옆에 서 있거나 앞에 세워진 책상에서 공부한다. 어른은 그럴 테지만 어린 학생이라면 작은 앉은뱅이 책꽂이가 놓인 책상머리에서 공부하게 마련이다. 책꽂이와 책상과 책, 이 셋은 공부를 위한 세 짝이다.

서가書架라고도 부르는 책꽂이는 당연히 책들을 차곡차곡 챙겨서 세워두는 데 쓰인다. 그래서 책꽂이를 슬쩍 보는 것만으로도 우리는 그 주인의 처지며 신분을 알게 되어 있다. 책꽂이는 사람의 얼굴과 같다.

뿐만 아니다. 책꽂이에서 그 주인의 독서 경향을 알아보고 그 취미마저 살펴볼 수 있다. 심지어는 그의 생활 태도며 취향까지도 엿볼 수 있다. 그가 꼼꼼쟁이인지 깐깐이인지, 반대로 껄렁이인지 허릅숭이인지도 알아볼 수 있다.

책꽂이에 더러 책이 옆으로 누워 있고 더러는 비스듬하게 기웃대고 있으면 그 모습을 보는 사람은 별 수 없이 그 주인을 허룹숭이로 단정 지을 수밖에 없을 것이다. 그래서 책꽂이는 사람됨이 비쳐진 거울 같은 것이 된다. 매사에 허둥대고 날름대는 껄렁이가 공부인들 야무지게 할 턱이 없다.

그러나 책들이 가지런히 바르게 곧추 서 있는 서가에서는 다른 인상을 받게 된다. 뿐만 아니라 책들이 분야나 종류별로 무슨 칸이라도 지른 듯이 꽂혀 있는 모습을 보게 되면 그 주인이 여간한 꼼꼼쟁이가 아니라서 공부도 곧잘 머리 싸매고 다부지게 하리라는 사실을 알아차리게 된다.

그럴 때 책꽂이에 질서정연하게 꽂힌 책등의 서로 다른 활자며 장식이 마치 한 폭의 미술 작품이듯이 아름다울 것이다. 그 앞에서 공부하는 사람의 맵시 또한 여간 감동적이지 않을 것이다.

한 주일 정도 묘한 일을 하느라고 숨 쉴 틈도 없었다. 이사를 가기 위해서 처음으로 장서의 먼지를 털고 새로이 포장해야 했다.

매일 적어도 네다섯 시간에 걸쳐서 그 일을 했다. 저녁에는 등짝이 찢어질 듯이 아프고 머리가 텅텅 비곤 했다. 기계적인 일이라서 하다 보면 절로 잠이 오기도 했다. 책꽂이에서 책을 꺼내서 먼지를 터는 것은 여간 괴로운 일이 아니었다.

이런 일은 좀 더 간단하게 대충대충 해도 탈은 없었을 것이다. 그러나 나는 철저하게 악착같이 했다. 왜냐하면 이들 수천 권의 책은 내가 가장 사랑하는 최고의 재산이었기 때문이다.

이 작업은 내가 청년 시절에 서점과 헌책방에서 일한 것과 무관하지 않았다.

헤르만 헤세Hermann Hesse의 이 말 덕분에 우리는 그가 먼지를 말끔하게 털어낸 책들을 다시 책꽂이에 정연하고 아름답게 꽂아 넣은 모습을 연상하게 될 것이다. 그러면서 그 책꽂이의 주인이 책을 읽는 알뜰한 모습이며 공부를 하는 간곡한 모습이 저절로 감동 깊게 떠오르기도 할 것이다. 이래서 책꽂이는 장서가의 인품이자 인간성으로 다루어져도 괜찮다는 사실을 깨닫게 될 것이다. 책꽂이의 모습은 그 앞에서 공부하는 사람의 얼굴과 마찬가지이다.

책상을 먹는다?

헤세라고 하는, 노벨상까지 받은 문호에게만 그런 것은 아닐 것 같다. 책 읽기가 생활의 일부로 자리매김하고 있는 사람이라면 누구에게나 책꽂이는 축복일 것이다. 거기 꽂힌 책들, 즐겨 읽는 책들의 등에 찍힌 제목이 사랑스런 눈빛을 던지기도 할 것이다. 그래서 책꽂이는 생의 동반자가 되기도 할 것이다.

그런 책꽂이를 벗 삼아서 공부하는 사람에게 책상은 겹으로 보람을 안겨준다. 어쩌면 책상 빼고는 헤아려볼 길이 없는, 하고많은 인생의 우여곡절이 책상에 담겨 있을 것이다. 눈에는 보이지 않는 삶의 이력서가 책상 가득 빼꼭히 적혀 있을 것이다. 그래서 책상은 삶의 갈데없는 일터이다. 삶을 위한 보금자리이고 목숨살이를 위한 둥지이기도 할 것이다.

나의 공책 위에

나의 책상과 나무 위에

모래 위에 눈 위에

나는 그대 이름을 적는다

내가 읽은 모든 페이지 위에

모든 백지 위에

돌과 피와 종이와 재 위에

나는 그대 이름을 적는다

황금빛 조각 위에

병사들의 총칼 위에

제왕들의 왕관 위에

나는 그대 이름을 적는다

밀림과 사막 위에

새 둥지 위에 금작화 나무 위에

내 어린 시절의 메아리 위에

나는 그대 이름을 적는다

밤의 경이 위에

일상의 흰 빵 위에

약혼 시절 위에

나는 그대 이름을 적는다

나의 하늘빛 옷자락 위에

태양이 녹슨 연못 위에

달빛이 싱싱한 호수 위에

나는 그대 이름을 적는다

들판 위에 지평선 위에

새들의 날개 위에

그리고 풍차의 그림자 위에

나는 그대 이름을 적는다

새벽의 입김 위에

바다 위에 배 위에

미친 듯한 산 위에

나는 그대 이름을 적는다

구름의 거품 위에

폭풍의 땀방울 위에

굵고 멋없는 빗방울 위에

나는 그대 이름을 적는다

(하략)

–폴 엘뤼아르Paul Eluard의 〈자유〉에서

이 시는 그리운 임의 이름을 무엇보다 먼저 공책 위에 그리고 책상 위에 적는다고 노래하고 있다. 그 아래 행들이 말해주듯이 시인은 이 세상의 모든 것, 모든 현상, 모든 정경 위에 사랑하는 임의 이름을 적겠다고 노래하고 있다. 이 세상을 몽땅 임의 이름으로 채우겠다는 뜻이다. 그에게 임은 어디에나 있는 '만유萬有의 실존'이다. 그런데 그 만물의 맨 앞에 노트와 함께 책상이 덩그렇게 자리하고 있다. 책상이란 그런 것이다.

그런데 책상冊床을 식물이나 화초가 누리고 있는 무엇인가에 견준다고 치면 그것은 바로 온상溫床일 것이다. 식물이 온상에서 자라고 그 목숨을 부지하듯이 사람들은 책상에서 삶을 이룩해간다. 공부라는 인생 관리를 한다.

책상이나 온상이나 서로 '상床'자를 나누어 가지고 있다. 상床은 상牀이라고 쓰기도 하는데, 한자사전에서는 '평상 상'이라고 읽지만 단순히 평상만이 아니라 편편하게 다듬은 널따란 나무판자라면 무엇이든 상牀이라고 해도 상관은 없다.

책상은 책을 읽고 공부를 하는 나무판자이다. 모양이 같고 구실만 같으면 쇠붙이로 만든 것도 책상이라 부른다. 그래서 보통 책상은 그다지 넓지도, 크지도 않다. 길이는 어른이 두 팔을 벌린 것보다는 짧고 넓이는 어른 손으로는 세 뼘 남짓할 뿐이다. 결코 큰 공간은 아니다.

하지만 책을 부지런히 정성들여서 읽고 공부를 애써서 하는 사람들에게 책상은 그들 인생의 전부라 할 만하다. 거기에는 그들 인생의 가장 넓은 영역이 걸려 있을 것이다:

그런데 공들여서 공부하다 보면 그만 책상을 입으로 맛보는 수도 있다. 그래서 책상을 먹는다고 해도 좋을 만한 일이 벌어지기도 한다.

책상에 달라붙어서 공부를 열심히 한다고 하는데도 그만 깜빡 졸음에 빠질 때가 있다. 오래 독서를 하다 보면 지칠 수도 있는데 그걸 그냥 참고 넘기다가는 잠에 빠지게 된다. 책을 보느라고 기왕에 숙여진 고개가 자신도 모르는 사이에 털썩 하고 책상 바닥에 박히고는 그 길로 그만 단잠에 빠질 수가 있다.

깜빡 하고 잠에 빠지는 것은 아주 짧은 시간, 아주 잠깐에 불과하지만 그럴수록 '책상 잠'은 너무나 달콤하다. 이마와 콧등 그리고 입술이 책상 바닥에 납작하게 달라붙은 채로 잠들다 보니, 그리고 그 잠이 깊다 보니 입술 사이로 침이 줄줄 흐를 수도 있다.

흥건히 책상에 침이 고이고 나면 잠결에 웅얼댄다는 것이 그만 입술이며 혀로 책상 바닥을 핥게 된다. 홀짝홀짝 책상을 삼키는 셈이다. 이 지경에 이르면 책상을 먹는 것이나 다를 바가 없게 된다.

책상에 머리를 박고 빠져드는, 그 잠만큼이나 단잠이 또 있을까? 한여름 낮잠도 책상 잠이라야 비로소 꿀맛을 안겨줄 것이다.

아! 달디달게 책상 잠을 즐기고 난 다음 공부의 효과는 둥싯둥싯 솟아올라서 하늘 높은 줄 모르곤 했다. 그럴 수밖에! 공부의 터전인 책상을 핥고 삼켰으니 당연하다.

책, 그 맛나는 음식

지금까지 책가방 이야기, 책꽂이 이야기, 그리고 책상 이야기를 해왔다. 책꽂이에 책이 꽂혀 있듯이 책상에는 책이 놓여 있기 마련이다. 책가방에도 으레 책이 들어 있기 마련이다.

하지만 책가방, 책꽂이, 책상에만 책이 있는 것은 아니다. 온 세상, 사람이 사는 곳이라면 어디든 책이 없는 곳은 없다. 그렇기에 집이 서재이듯이 세상이 아예 서고이다. 온 세계가 아예 도서관이고 책의 창고이다.

그런데 책은 그 한 권 한 권이 지식의 창고이다. 우리가 필요해서 읽는 책에는 우리의 필요를 채워줄 지식이 가득할 것이다. 그래서 책은 그 한 권 한 권이 지식의 보고가 된다.

그러기에 사람들은 어릴 때부터 책을 읽기 시작하면서 책으로 자라게 된다. 아니, 책을 읽기 전부터 이미 책을 통해서 자라게 된다. 부모나 형이나 누나가 책을 통해서 얻은 것을 들려주면 아이는 그

이야기를 들으면서 호기심을 채우고 교양도 쌓아간다.

하지만 책은 사람들의 머리, 교양 그리고 지식만을 자라게 하는 데서 그치지 않는다. 그들의 감성도, 정서도, 감정도 자라게 한다. 책은 사람들 가슴에도 영양분을 공급한다. 그러니 사람들은 머리와 가슴으로 책을 먹으면서 자란다고 말해도 지나치지 않을 것이다.

그래서 한 권의 책은 그것을 읽은 한 사람의 이력서에서 일부를 차지하게 될 것이다. 즐겨서 읽고 또 읽은 책은 한 인간의 이력 속에, 그 개인의 역사 속에 깊이 사무치고 있을 테니까.

책표지가 낡고 구겨진 만큼, 책등이 헌 만큼, 그 페이지가 쭈글쭈글한 만큼 그 책을 읽은 사람의 머리와 가슴은 풍요해져 있을 것이다. 그만큼 사람됨도 익어 있을 것이다. 그렇게 우리는 책을 먹으면서 자라고 살아간다.

그런데 머리와 가슴으로만 책을 먹는 것은 아니다. 입으로 먹을 수도 있다. 영국의 유명한 에세이스트essayist(수필가)인 찰스 램 Charles Lamb은 "멋진 시의 한 구절을 잘 익은 신선한 과일을 먹듯이 맛나게 맛보는 사람"으로 동료들에게 칭송받은 것으로 알려져 있다. 이 말을 읽으면서 우리는 누구나 그를 부러워하는 한편으로 우리 각자도 비슷한 경험으로 즐거움에 젖었던 기억을 떠올리게 될 것이다.

맛나는 음식의 미각은 으레 멋진 시각과 짝을 짓기 마련이다. 잘

차려진 음식상을 보고 누구나 입에 담게 될 그 탄성!

"아, 맛있겠다!"

아니면 또 다른 한마디!

"아, 맛나 보인다!"

여기서 우리는 보기의 맛이 먹기의 맛을, 눈의 맛이 입의 맛을 앞서 있다고 말해도 괜찮을 것이다.
재미나는 책, 유익한 책은 그것을 읽는 사람의 눈에 먼저 맛을 선물한다. 그러고는 덩달아서 입으로 먹는 듯한 맛을 일깨워주기도 할 것이다. 찰스 램에게서 그걸 확인하게 된다.
그런데 이런 경지를 조금 더 실감나게 말한 사람이 있다.

책은 먹을거리이다. 도서관은 여러 가지 고기 요리를 사람들의 입맛에 따라서 제공한다. 다른 음식물과 마찬가지로 우리는 즐거움을 노려서, 아니면 필요에 따라서 책들을 먹을 테지만 거의 대부분의 경우에는 즐거움을 누리기 위해서 책을 먹을 것이다.

이 멋진 발언은 영국의 비평가 홀브룩 잭슨Holbrooke Jackson의 명언이다. 그런데 우리는 비유적으로만 책을 먹는 것이 아니다. 실제로도 책을 먹고 맛보곤 한다. 열정적인 독서가가 아니라도 좋다. 대부분의 독서가들이 책을 정성들여서 읽고 있을 때 책 페이지를 어떻게 넘기는가를 생각해보면 알 일이다.

오른손잡이라면 오른손 검지 끝을 자신도 모르게 입으로 빤다. 침이 묻은 검지 끝으로 책장 귀퉁이를 핥듯이 휘어 짚고는 페이지를 넘긴다. 그러고는 무심코 그 손가락 끝을 입 안으로 들이민다. "냠냠!" 이것이야말로 책 맛을 음미하는 것이 아니고 무엇이랴!

어디 그뿐인가? 우리는 책을 읽으면서 군것질을 할 때가 많다. 눈은 책에 박고 왼손으로는 책을 누른 채 오른손으로는 페이지를 넘긴다. 그러면서 짬짬이 오른손으로 뻥튀기 같은 것을 집어먹기도 하는 것이다. 그러다가 그만 책장의 끝자락을 냉큼 찢어서는 덥석 입으로 가져갈 때가 있다. 그러고는 야금야금 그것을 씹어댄 경험! 그것은 진지한 독서의 한 장면이지 코미디가 아니다.

우리는 그래서 책을 음미吟味한다. '음吟'은 '읊을 음'이라고 읽는데 시나 노래를 소리 내서 읊는다는 뜻이다. 그러니까 음미라고 하면 시나 노래를 읊으면서 그 소리며 내용을 입으로, 귀로 흠씬 맛본다는 의미가 된다.

이렇게 우리는 시를 맛보고 글을 맛보게 된다. 손가락 끝에 침을 묻혀서 책장을 넘기고는 그 손가락을 입으로 물 때 우리는 진짜로 책을 음미하게 되는 것이다.

우리는 책을 산해진미처럼, 또 진수성찬처럼 먹고 싶은 은근한 욕망을 그렇게 구체화해서 표현하고 또 채우고 있는 것이다. 책벌레라는 낱말은 누군가가 벌레가 되어서 책을 풀잎 뜯듯이 맛보고 있음을 의미하는 것이다.

책에게 희망을 묻다

우리는 책가방을 출랑대면서 어린 시절을 신나게 보냈다. 책가방이 불룩한 만큼 꼬마의 머리도, 가슴도 넉넉했다.

책이 꼼꼼히 또 곱게 꽂혀진 책꽂이 옆이나 앞에 앉으면 마음과 가슴은 늘 흐뭇했다. 그런가 하면 책상을 핥아먹고 책장을 넘기면서 그 맛을 즐기곤 했다. 그렇게 음식을 먹어서 배를 채우듯이 책을 먹어 머리를 그리고 가슴을 채우기도 했다.

'배불뚝이'는 배가 산처럼 불룩 솟아오른 사람을 뜻한다. 지난 시절에는 더러 배불뚝이가 잘난 척하는 데 밑천이 되곤 했다. 불룩 솟아오른 배는 부자의 상징이고 고관대작의 징표이기도 했다. 하지만 세상이 달라져서 요즘은 그렇지 않은 것 같다. 배불뚝이는 욕까지는 아니지만 적어도 빈정대는 말 정도로는 쓰이는 것 같다. 그래서 배불뚝이가 되어 체중이 지나치게 나가면 결국에는 도리 없이 다이어트를 해야 한다.

그러나 '머리불뚝이', '가슴불뚝이'는 어디까지나 자랑이다. 그들은 잘난 척하는 사람이 아니라 실제로 잘난 사람들이기 때문이다. 책은 누구든 그것을 읽는 사람을 머리불뚝이가 되게 하고 가슴불뚝이가 되게 할 것이다.

그래서일까? '책冊'이란 글자 그 자체는 재미있다. 한자사전에서 '책 책'이라고 읽는 이 글자는 이른바 상형문자象形文字이다. 상형문자란 실제로 특정 물건의 겉모양새를 본떠서 베껴놓은 듯이 만들어진 글자를 의미한다.

책冊이라는 글자는 책 세 권이 옆으로 나란히 한 줄로 꿰어져 있는 모양새를 본떠서 만들어진 것이다. 그것은 여러 권의 책이 책꽂이에 나란히 꽂혀 있음을 나타내기도 한다.

그래서 책자冊子나 서책書冊이라고 해도 여전히 책을 의미하게 된다. 서책이 보여주고 있듯이 더러 책冊은 서書와 같은 뜻으로 쓰인다. 원래 서書는 '글 서'로 읽게 되어 있는데 그 의미가 그대로 담긴 낱말로는 서류書類나 서식書式 등을 들 수 있다. 하지만 책이 글로 되어 있다 보니 그만 서書도 책冊과 같은 뜻을 나누어 가지게 된 것이다. 서가書架니 서권書卷이니 하는 낱말에서 서書는 에누리 없이 바로 책을 나타낸다.

그런데 책에는 또 다른 멋진 의미가 들어 있다. 바로 이때의 책은 '칙서勅書 책'이라고 읽어야 하고 그 의미는 왕이 신하에게 높은 벼슬자리를 내려주는 서류, 곧 칙서를 가리킨다. 아니면 높은 봉록,

곧 봉급이나 급여를 주는 것을 알리는 서류가 다름 아닌 책이다. 요즘 말로 하면 발령장이나 사령장 아니면 임명장이 곧 책인 셈이다. 그래서 누구를 왕비로 책봉冊封한다는 말을 쓰게 된 것이다.

책에 담긴 이런 의미는 곧 책자가 귀한 몸이 될 수 있음을 알려준다. 누군가를 귀하신 몸이 되게 떠받드는 것으로 귀하신 몸이 되는 것이 바로 책이다. 책자의 책冊까지도 그렇게 받아들이면 좋을 것이다.

책은 이처럼 귀하신 몸이다. 그런데 책冊 자는 또 다른 의미를 갖추고는 책자의 책을 다시 생각해보게 한다.

책冊은 '책 책'이고 '칙서 책'인 한편 대책對策의 '책策'과도 그 발음이며 뜻이 통한다. 이럴 때 책策은 '꾀할 책'이라고 읽는다. 무엇을 해보고자 기도한다는 뜻이다. 책策은 대나무 조각이라는 뜻이지만 그것 말고도 임명장과 같은 뜻의 '사령서 책'이 되면서 앞에 소개한 '칙서 책'과 발음도, 의미도 꼭 같아진다. 그런가 하면 '채찍 책'이 되는 한편으로 책자나 서책과 같은 뜻의 '책 책'이 되기도 한다. 거듭거듭 책策과 책冊은 그 뜻이 겹친다.

'칙서 책'이 되어서 귀하신 몸이 된 책冊은 이젠 '꾀할 책'이 되어 책策과 겹치게 된다. 이 책이나 저 책이나 마찬가지이다.

그러고 보니 읽는 책冊은 우리가 살아가면서 맞닥뜨리게 되는 여러 문제에 대한 책策을, 이를테면 대책과 책략策略을 꾀하도록 도와주는 것 같다. 방책方策이란 말이 있는데, 무엇을 처리하고 해결할 방도와 대책을 의미하는 이 말은 방책方冊이라고 바꾸어 써도 그만이다.

거듭 확인하자. 우리가 읽는 책은 그 자체가 귀하신 몸이면서 그 것을 읽는 우리도 귀하신 몸이 되게 한다. 뿐만 아니다. 문제며 과제에 대해서 대책을 꾀하게 하는, 소중한 역할을 맡기도 한다. 그런 것이 바로 우리가 읽고 있는 책이다.

III

읽고 자라고 살다

글 읽기의 참맛

책 읽는 백만장자

읽기는 모든 공부, 온갖 공부의 시작이다. 우리가 하는 모든 공부는 읽기로부터 출발한다. 그래서 공부하는 사람은 누구든 읽기에 마음을 쏟으면서 잘 읽고 좋게 읽고 보람 있게 읽도록 마음을 써야 할 것이다.

그런데 공부만이 아니다. 세상살이도 읽기로 꾸려진다. 세상 돌아가는 모습을 잘 읽어야 우리는 제 목숨살이를 지탱하게 된다. 그래서 우리는 공부만이 아니라 일상생활도 읽으면서 해나가고 있다. 그것은 한 인간이 성장해가는 과정에도 옳고 합당한 말일 수 있을 것이다.

우리는 무엇을 하며 자랐을까? 그야 뭔가를 먹으며 자랐지 뭐! 하지만 그것은 너무나 뻔한 소리, 헐한 소리이다. 그래서 조금 더 나은, 다른 답을 찾는다.

"그래, 놀고 뛰고 운동하며 자랐지."

그런데 이것도 그저 그렇고 그런 답이다. 자라는 것은 우리의 몸만은 아닐 것이다. 머리와 가슴 더불어서 정신이며 지성이 자라고 정서도 자라기 마련인데 그 일들은 무엇으로 가능했던 것일까? 음악을 듣고 그림을 보고 자연을 즐기는 것이 거기 크게 보탬이 되었을 것이다. 뿐만 아니다. 친구를 사귀고 벗과 어울리는 것도 큰 보탬이 되었을 것이다. 그런데 생각이 용케 여기까지 미치다 보면 절로 얻어지는 것이 있다.

"응, 맞아. 읽으면서 자랐어!"

바로 이런 깨달음이다. 우리 마음은 책을 읽고 자란 몫이 너무나 크다. 책은 마음과 생각과 정신뿐만 아니라 정서와 감정이 자라는 데도 요긴한 역할을 도맡아냈다.

"그것은 모두 책 덕이고 책 읽기에 신세진 거야!"

그렇게 스스로 답을 찾으면 그제야 직성이 풀린다. 비로소 우리 각자가 자라온 자취가 눈에 들어오게 된다. 그래서 제대로 산 것 같은 생각이 들기도 할 것이다. 예술을 감상하고 자연을 즐기는 한편으로 책을 벗 삼았던 시간들을 돌이켜보면 비로소 우리 각자의 정신과 정서의 궤적이, 이를테면 그것들이 자라고 커온 자취가 눈에 들어오게 될 것이다. 그것을 빼고 나면 우리 삶에서 남을 것은 달랑 몸뚱이 하나뿐일지도 모른다.

우리는 누구나 평생 동안 농부가 논밭을 갈듯이 책을 읽어야 한다. 실제로 그렇게 하고 있는 사람이 결코 적지 않을 것이다. 그래서 우리 정서며 마음의 밭이 일구어지고 갈아질 것이다. 그렇지 않다면 우리 마음은 거친 황무지가 되어버릴지도 모를 일이다.

그런 우리의 자기 개척과 자아 개발은 초등학교 저학년 시절에 이미 시작된다. 아니 그보다 더 일찍 시작될지도 모른다. 쉬는 시간에 책 읽기에 젖어 있는 모습, 그것은 우리의 어린 시절에서 가장 귀한 자화상이다.

책상에 앉거나 운동장 한쪽 또는 나무 그늘에 웅크리고 앉아서 골똘하게 책에 머리를 박고 있는 그 모습! 읽다가 말고는 눈을 감고 우두커니 깊으나 깊은 생각에 젖어 있는 모습!

겉으로는 꼼짝 않고 있지만 그 마음의 속내에는 온갖 그림이 그려지고 별별 사건이 일렁대고 있을 것이다. 이제 막 읽기 시작한 동화의 어느 대목을 떠올리면서 어려움에 처한 주인공에게 이렇게 말을 건네기도 할 것이다.

"그래 걱정하지 마. 내가 도와줄게!"

아니면 앳된 여자 주인공의 애처로움에 눈물을 흘리고 있을지도 모른다. 또는 푸른 들을 거닐고 파란 하늘을 날고 있을 것이다.

쉬는 시간에 운동장에 나가서 뛰고 구르는 것도 물론 값진 일이다. 하지만 몸이 뛰고 구른 만큼 마음도, 생각도 약동하고 율동해야 한다. 그래야 마음속은 마음속대로 의젓한 세계가 될 것이다.

그러다 보면 감동적인 일이 생기기도 할 것이다. 쉬는 시간 내내 책에 넋을 팔고 있으면 다음 수업 시간을 알리는 종소리도 들리지

않기 마련이다. 그때 마침 교실로 들어오던 선생님이 여전히 책에
머리를 박고 있는 학생을 발견한다면 어떻게 될까?

그는 문득 헛기침을 한다. 학생은 얼핏 책을 내려놓고는 무안해
하면서 빤히 선생님을 올려다보게 될 것이다. 선생님은 빙긋 웃으
면서 속삭이듯이 말씀하실 것이다.

"좋아. 계속 많이 읽어!"

머리를 쓰다듬으면서 던져주는 그 한마디 말로 학생은 문득 기
가 승승해질 것이다. 그는 머리를 긁적대면서 환히 웃을 것이다.

그 뒤 그 학생은 선생님의 말씀 그대로 참 많이 읽고 또 읽을 것
이다. 그것이 그로서는 자라는 것이고 사는 것이고 공부하는 것이
될 것이다. 아니 다른 아이들이 재미난 놀이를 즐기듯이 그는 책에
서 재미를 보게 될 것이다. 책을 읽다가 여태껏 모르던 것을 알아
차리는 일은 그의 숨바꼭질이 될 것이다.

그러면서 그의 책 읽기에도 진화가 있고 발전이 있게 될 것이다.
수업 시간에 선생님이 흑판으로 돌아서는 틈을 노려서 읽다만 동
화책을 슬쩍 꺼내 읽는 것, 그 '소매치기 읽기'에 재미를 붙이면서
그는 책과 비밀스런 동지가 될지도 모르겠다.

그러면서 그는 또 다른 재미를 책이라는 친구 덕택에 누리게 될
것이다. 동화를 읽고 만화를 읽는 것이 학교 공부에 방해가 된다는
구실을 잡아 어른들이 동화와 만화를 멀리하게 할 때 이 책벌레는
아주 비밀스런 전술을 쓰게 된다.

어른들 방의 불이 꺼지기를 기다렸다가 엎드린 채로 요 밑에 숨겨두었던 책을 펼쳐 읽는 것, 그 '도둑 읽기'가 그의 또 다른 재미가 된다. 그것은 그의 또 다른 숨바꼭질이다.

그것은 여간 신나는 일이 아니다. 그 신명 때문에 밤이 기우는 것도 잊고 거의 밤을 새다시피 할 것이다. 그러면서 그가 저도 모르게 책에 턱을 괴고 곯아떨어져 있는 자신의 꼬락서니를 발견하게 되는 새벽이면 창문에 어린 햇살이 더한층 그를 반겨줄 것이다.

이렇게 우리 누구나 온 평생을 책벌레로 살 수는 없는 것일까? 책만 들고 앉으면 다른 사람이 가진 것도, 누리는 것도 서 푼어치가 안 되어 보이는, 그런 지악한 책벌레가 되기는 어려운 것일까? 그가 나이를 먹어서 어른이 되고 예순 살, 일흔 살을 넘은 노년이 되기까지 줄곧 또 줄기차게 책벌레로 살아간다면 그는 백만장자가 아닌 '책만장자'가 될 것이다. 그렇다. 책의 억만장자는 머리의 억만장자를 의미할 것이다. 뿐만 아니다. 가슴의 억만장자를 의미하기도 할 것이다.

그렇게 되어가면서 책 읽기로 살아가는 한평생!

서가 앞에, 거기 꽂힌 책들 앞에 다리를 펴고 편하게 앉아서 그 하고많은 낯익은 구면들이 던지는 정겨운 눈짓을 즐거이 받아내는 삶!

그렇게 책을 더불어서 살아갈 수는 없을까? 그래서 그 책들을 향해서 "책님들이시여, 고맙습니다!" 하고 머리를 조아리면 열린 창문으로 바람이 불어드는 탓일까? 문득 주위에서 일어나는 냄새. 묵은 책갈피에서 일렁이는 향내가 그윽하게 우리를 감쌀 것이다.

이렇게 또 저렇게 10년, 20년, 아니 40~50년에 걸쳐서 책이라는 '지기지우知己之友'들, 이를테면 나를 알아주는 친구들과의 사귐이 지켜지는 삶을 다함께 누리기를 바라고 싶다.

'천의 얼굴'을 가진 읽기

한마디로 읽기라지만 그 속내는 물론 겉보기조차 매우 다양하다. 읽기에 얼굴이 있다면 그야말로 거기 '천의 얼굴'이 있다고 해도 지나친 과장도, 허풍도 아닐 것이다. 읽기에는 별의별 읽기가 있다.

우리는 흔히 '신문을 본다'고 하는가 하면 '책을 본다'고도 한다. 그런 한편 신문이나 책을 읽는다고도 한다. 이것은 읽기와 보기가 그게 그것이고 저게 저것이라는 의미이다.

그러니 눈으로 보는 일이야말로 읽기라고 해도 괜찮을 것이다. 그건 그럴 만한 곡절과 이유를 갖고 있다.

'본다'는 말은 단순히 눈동자에 뭔가 사물의 이미지가 찍히는 것만을 의미하지는 않는다. 사진 필름에 영상이 찍히듯이 눈동자에 뭔가 찍히지 않고 뭔가를 본다는 것은 가망도 없는 일이다.

하지만 카메라 렌즈와 인간의 눈동자는 다르다. 인간의 눈에 뭔가가 찍히는 것과 동시에 우리는 보이고 있는 그 대상을 두고 생각을 하게 된다.

"저것이 무엇일까?", "저것은 왜 저렇게 보일까?", "저것을 보고는 무엇을 어떻게 해야 하는 것일까?" 등등을 생각하게 된다. 거의 저절로 판단하고 이해하고 풀이하게 된다. 이것이 곧 '눈여겨봄'이다. 이것이 바로 읽기이다. 그래서 책을 보는 것만이 읽기는 아니다.

'관찰觀察'이란 말이 이미 이에 대해서 말해주고 있다. '볼 관' 자에 '살필 찰' 또는 '고찰할 찰'이 합쳐져서 생긴 낱말이 관찰이다. 눈동자에 찍힌 것을 두고 사고하고 사색하는 것이 관찰이다. 관찰은 눈과 대뇌의 합작품이다.

우리가 잘 쓰는 '눈도장을 찍는다'는 말이 이를 설명해주고 있다. 이 말은 눈으로 본 것을 머리며 마음에 새겨둔다는 뜻이다.

"잘 보아둬!"라는 말을 두고도 비슷한 생각을 할 수 있다. 이건 눈으로 보기만 하는 데서 그치지 말라는 뜻이다. 잘 생각해서 기억에, 마음에 아로새겨두라는 뜻이다.

이럴 경우 '본다'는 말은 '살펴본다' 또는 '살핀다'라는 말과 같아진다. 살피는 것은 '알아본다'와 마찬가지이고 '따지며 생각한다' 또는 '소상하게 알아본다'와도 같은 뜻이다.

이래서 보는 것은 읽는 것이고 드디어는 아는 것이 된다. 보는 일은 곧 앎이다.

보기와 읽기와 알기, 이 셋은 한 동아리이다. 사람은 무엇이든 보는 대로 읽게 된다. 본 것을 따지고 캐고 생각하고 판단하곤 한다. 그것이 읽는 것이다. 사람에게는 보는 것이 곧 읽는 것이다. 더나아가서는 아는 일이다.

그런데 이와 같은 '보기와 읽기와 알기'의 삼위일체는 책에서도 경험하게 된다. 아니 다른 경우보다 더한층 간절하게 겪게 된다. 이럴 경우 '다른 사람의 마음을 읽는다'라는 말에서 알뜰한 가르침을 얻게 된다. 물론 말을 듣고서 다른 사람의 마음을 읽게도 되지만 얼굴을 보고도 마음을 읽게 된다. 그리고 그 결과로 다른 사람의 마음을 알게 되므로 거듭 우리는 '보기와 읽기와 알기'의 삼위일체를 실감하게 될 것이다.

책을 보고 읽는 것은 마침내 '책의 마음'을 알게 되는 것이다. 흔히 '책의 내용'이란 것이 책의 마음이다. 활자나 글자를 봄으로써 그 의미들을 받아들여서 읽게 되고 더 나아가서 그것들을 알고 깨닫게 되는 것이 이른바 독서이다.

책 읽기는 항상 보기 그리고 알기와 짝을 짓는다. 책을 대할 적마다 책을 펼칠 적마다 '보기와 읽기와 알기'의 삼위일체를 실천해야 할 것이다.

활자 책에서 전자 책까지, 읽기의 역사1

앞의 "보기와 읽기 그리고 알기"가 일러주듯이 읽기는 꽤나 까다롭다. 한꺼번에 세 가지 일을 해야 한다. 눈과 머리가 그 일을 한꺼번에 해내야 한다. 새삼스럽게 따져보면 그것은 여간 성가신 일이 아니다. 물론 쉬운 일은 더더욱 아니다.

뿐만 아니다. 읽기, 그중에도 책 읽기에는 유래가 있고 내력이 있다. 시대에 따라, 문화 환경에 따라 읽기는 모습을 달리해온 것이다. 이 시대에는 이 시대다운 읽기, 저 시대에는 저 시대다운 읽기가 있어왔던 것이다.

가령 조선시대의 읽기라면 어떠했을까? 특히 선비들의 책 읽기는 어떠했을까? '선비 읽기'라고 이름 붙여도 좋을 그 읽기는 어떠했을까?

물론 선비 읽기는 지식을 얻는 데 일차적인 목적을 두고 있기는 했지만 그에 못지않게 중요한 또 다른 목적이 있었다. 그것은 바로 수련이나 인격도야와 관계되어 있었다. 선비 읽기는 일차적으로는 수양이기도 했던 것이다. 수신제가修身齊家의 바로 그 수신이기도 했던 것이다.

마음을 곧게, 몸가짐과 마음가짐을 바르게 함으로써 한 집안을 잘 다스리는 것이, 이를테면 수신제가인데 선비들에게 책 읽기는 그중에서 수신, 즉 자신의 몸가짐과 마음가짐을 바르게 하는 것에 해당되었다.

선비는 목욕재계沐浴齋戒까지는 아니라도 얼굴이나 손이라도 씻고서야 비로소 책과 마주 앉았다. 그것도 책상다리를 하고 자세를 단정하게 한 다음 책상 앞에 앉아야 했다. 마음도, 몸도 흩뜨러짐이 없었다.

그러고는 활자 하나하나를 무슨 귀물이라도 대하듯이 눈여겨가면서 읽되 대개는 소리 내서 읽어나갔다. 그것이 독서의 원칙이다시피 했다. 글귀마다 낭송하고 또 낭독함으로써 무엇보다 읽는 사람의 귀에 울려서 마음에 메아리치게 했다. 선비 읽기의 두 번째 목표는 바로 여기에 있었다. 일차적인 목표가 몸과 마음을 닦는 데 있었다면 이차적인 목표는 머리를 닦는 데 있었던 셈이다.

그런데 선비가 소리 내어 읽는 것, 이를테면 음독音讀은 그 울림이 낭랑하고 청아했다. 목소리가 몸가짐이나 마음가짐만큼 단정했던 것이다. 이건 물론 낭독이라 불러도 괜찮을 것이다.

그런데 이 음독은 읽는 사람 스스로가 책의 내용을 문자 그대로,

표현 그대로 낱낱이 암송하는 결과, 다시 말해 외워서 읽는 결과를 빚기도 했다. 서당이 바로 그와 같은 읽기의 거룩한 현장이다.

근대를 지나 현대로 넘어오면서 선비 읽기는 차츰 시들어갔다. 요즘 음독은 초등학교 교실에서나 이따금 듣게 되는 것이 고작이다. 어쩌면 하교한 초등학생이 학교에서 하던 대로 음독을 하는 일도 그리 흔하지는 않을 것 같다.

그 대신 오늘날은 '목독目讀', 곧 '눈으로 읽기'의 시대이다. 누구나 책을 읽을 때 입은 다물고 눈으로만 책을 들여다보게 마련이다. 그래서일까? 책을 읽는 자세는 별로 문제되지 않는다. 그저 시력을 지키기 위해서 머리는 책에서 얼마큼 떼도록 하라! 아니면 척추가 휘어지지 않게 자세에 주의하라! 그런 정도의 지침이 학생들에게 주어지는 것이 고작이다.

그런데 오늘날 눈으로 읽기에 큰 변화가 일어나고 있다. 그것은 책이 겪은 변화와 운명을 같이하고 있다. 문자가 개발된 이후부터 현대에 이르기까지 줄곧 읽기의 주요 대상이던 책이 이젠 상당한 정도로 뒤로 물러서고 말았다.

이제는 보통의 컴퓨터를 비롯해서 '손 안의 컴퓨터' 또는 '작은 컴퓨터'라고 일컬어지는 각종 모바일 기기가 책을 밀어내고 있다. 그것은 전자 책과 종이 책 사이의 세대교체 같은 것이다. 스마트폰 등은 이제 읽기의 역사에 새로운 페이지를 펼쳐 보이고 있다.

2008년과 2009년 2년에 걸쳐 미국의 격주간 경제전문지인 〈포춘Fortune)이 '존경받는 기업 1위'로 뽑은 애플 사가 2007년에 제작한 아이폰은 버튼 없는 스마트폰이다. 아이폰은 출시되고 2년 만에 전문가들 사이에서만이 아니고 일반인들 사이에서도 큰 인기를 누리고 있다. 아이폰은 우리나라에서도 시판된 지 불과 10일 만에 자그마치 9만 명이 넘는 사람들에게 판매되었다.

외국 기업뿐 아니라 우리나라의 삼성전자도 독자적인 스마트폰 플랫폼인 '바다bada'를 개발하는 데 성공했다. 여기서 플랫폼이란 응용 프로그램을 돌리기 위한 하드웨어와 운영체제OS의 조합을 일컫는 말이다.

스마트폰을 활용하면 가령 기업이 이룩하고자 하는 연구 과제를 온라인으로 널리 공모해서 온 지구촌 사람들의 협력 하에 동시에 해결할 수 있게 해준다. 이로써 지구촌 사람들은 시공간을 초월하여 정보를 읽고 쓰고 전송할 수 있다. 그 엄청난 읽기와 쓰기와 보내기가 가능한 것이다. 손끝을 살짝 누르는 것만으로 전자 서류를 수신하고 송신할 수 있다.

이제는 각종 모바일 기기 덕분에 전자 서류만이 아니라 전자 책도 점차 그 입지를 넓혀가고 있다. 바야흐로 전자 도서관, 전자 박물관, 전자 전시관이 판을 벌이고 우리에게 공부의 새로운 경지를 열어줄 날도 머지않은 것 같다.

이런 추세에 발맞추어 이제 읽기는 '전자 정보'와 직결되게 된다. 즉 머지않은 미래에 '전자 정보 읽기'가 보편적인 읽기가 될 것이다.

그런데 이 같은 전자 정보 읽기는 짧은 시간 안에 고속의 읽기를 요구한다. 전자 정보를 읽을 때는 까다로운 이해를 촉구하는 심사숙고보다는 다른 사람보다 빠르게 읽는 능력이 요구된다.

이런 일련의 현상은 읽기의 역사에서 그야말로 획기적인 것이다. 오늘날의 독서가들은 다행히도 너무나 빨리 거기 길들여가고 있다.

고전주의에서 형식주의까지, 읽기의 역사2

'책을 읽는다,' '글을 읽는다'는 말의 의미가 무엇일까? 도대체 무엇을 읽는다는 것일까? 이렇게 물으면 묻는 사람을 맹랑하다고 여길 사람이 적지 않을 것 같다.

"읽는다면 책이나 글이지, 무엇을 읽느냐고 묻다니 얼간이 같으니라고!" 이렇게 퉁을 맞을지도 모르겠다.

하지만 제대로 읽는 사람이라면, 마음을 써서 글이든 책이든 읽는 사람이라면 당연히 묻고 따져야 한다. 읽는 일, 그 자체가 만만치 않을 뿐더러 읽는 대상도 예사롭지 않기 때문이다.

그러나 그렇게 당연히 묻고 따지는 사람은 드문 편이다. 각급 학교들, 예컨대 초등학교, 중학교, 고등학교의 국어 시간, 그나마 읽기를 가르치는 시간에도 별로 그것을 따지는 것 같지는 않다. 대학교의 교양 국어 시간에도 비슷한 것 같다.

"책을 읽는데, 글을 읽는데 책과 글 말고 또 무엇을 읽느냐니 뚱

딴지같이!" 이처럼 "무엇을 어떻게 읽는가?"를 문제 삼는 사람을 바보천치 다루듯 할지도 모른다.

하지만 안 따지는 사람이 우습다. 안 따지고 든다면 적어도 제대로 바르게 읽는 사람이라고 말하기는 힘들어진다. 가령 쉬운 보기를 들어보자.

"그 사람, 보고 왔니?" 이렇게 물을 때 무엇을 보았다고 해야 하는 것일까? 얼굴 생김새, 마음 씀씀이, 몸가짐, 옷차림, 말버릇… 이런 온갖 것들이 대답으로 나올 것이다. "그 책, 보았니?"라는 물음에 대한 대답도 비슷하다.

소설 같으면 줄거리, 사건의 양상, 등장인물의 성격, 그들 간의 갈등이나 상호관계, 그들이 주고받은 인상 깊은 대화, 작가의 세계관이나 인생관, 아름다운 배경 묘사 등등에 걸쳐서 읽은 사람의 대답이 나올 것이다.

시라면 더한층 까다로워질지도 모른다. 읽다가 느낀 정감을 말하고 감정의 일렁임을 말할 것이다. 뿐만 아니다. 직유법이며 은유법에 걸친, 갖가지 수사법이 지닌 멋을 들면서 거기 담긴 갖가지 의미에 대해서 이야기할 수도 있을 것이다. 또 있다. 시가 그려낸 어느 이미지의 기발한 착상에 대해서 감격스럽게 이야기도 할 것이다. 그런가 하면 노래하는 시인과 시를 읽는 사람 사이에 어떤 교감이 오고 갔는가를 힘주어 말하는 사람도 있을 것이다.

자, 그러니 책을 읽거나 글을 읽는다고 할 때 무엇을 읽는가를 따지고 드는 것은 너무나 당연한 일이다. 그런데도 우리는 일상적으로, 관습적으로 그렇게 못해왔다. 그저 덮어놓고 책을 읽는다는 그 한마디, 글을 읽는다는 그 외마디에 읽는 것의 전부를 걸어왔다. 그 나쁜 버릇을 이제는 고쳐야 한다.

읽기의 대상은 시대에 따라서 달라져왔다. 읽기에도 멀쩡히 역사가 있다. 시대가 달라지면 읽기 역시 달라진다.

가령 고전주의 Classicism 시대의 읽기는 어땠을까? 이 물음은 '고전'의 의미를 캐면 저절로 답을 얻게 된다. 영어로 '고전 古典'은 누구나 알다시피 '클래식 Classic'이라고 하는데 그 의미는 제1급이라는 뜻이다. 거기에는 일등을 하는 모범생 같은 것, 최고의 우등생을 닮은 것 등의 의미가 엉켜 있다.

그러니 신성불가침이고 모범이고 규범이라서 덮어놓고 받들어 따라야 하는 것이 이른바 '고전'이다. 그러니 달달 외우는 것이 곧 읽는 것이었다.

가령 우리의 조선시대를 돌이켜보자. 선비들에게 '경서 經書'니 '경전 經典'이니 하는, 공자 孔子나 맹자 孟子의 가르침은 한마디 한마디가 그대로 머리에 또 마음에 아로새겨서 받들어 모셔야 할 대상이었다. 그래서 선비들은 그야말로 '문자 그대로'를 읽기의 대상으로 삼았다. 그것을 성인의 말씀 또는 성현의 말씀이라고도 표현했다.

그러다가 낭만주의 Romanticism 시대가 되면 크게 달라진다. 작가

나 시인은 천재였다. 작품을 읽는다는 것은 그들 천재의 영혼을 또
는 정신을 읽는 것과 같았다. 인간으로서의 작가나 시인, 그 자체
가 책 읽기며 작품 읽기를 압도했다.

가령 괴테 Johann Wolfgang von Goethe의 《파우스트Faust》를 보기로
들어보자. 그 무렵 '파우스트'는 적잖은 작가들의 작품 소재가 되
었는데 그 대부분은 오늘날에는 잊혀진 존재가 되었다. 그런데 유
독 괴테의 작품만이 등등하게 살아남아 있다. 그것도 세계인의 고
전으로 섬겨지면서.

전체 작품은 워낙 기니까 마지막 대단원만 살펴보자.

마침내 파우스트가 쓰러져 넘어진다. 악마 메피스토펠레스가 그 영
혼을 빼앗아가기 위해 서둘러 덤벼든다. 그때이다. 하늘에서 대소
천사들이 구름을 타고 내려오더니 숨이 넘어가는 파우스트의 영혼
을 건져서는 하늘로 데려간다. 그런데 그들 천사의 무리 맨앞에 아리
따운 여인 그레첸이 서 있는 것이 아닌가!

그레첸은 괴테가 사춘기 무렵에 사랑했던, 그것도 짝사랑처럼
사모했던 이웃 처녀의 이름이다. 그런데 같은 이름의 처녀가《파
우스트》에서는 주인공 파우스트의 영혼을 구원해서 승천하는 천
사로 등장하고 있다.

사실 그레첸은 파우스트가 그녀 가족과 함께 짓밟고 짓이긴 대

상이다. 그녀가 일찍 죽은 것도 파우스트 탓이었다. 그런데도 그레첸은 원수를 사랑으로 갚고 있다.

물론 그것은 파우스트가 젊음을 다 바쳐서 온갖 시행착오를 겪은 것에 대한 보상이기도 했지만 그보다 더한 다른 뜻도 갖추고 있었다. 즉 파우스트가 간난과 과오를 저지른 끝에 드디어 인간에게 가장 소중한 것이 노동으로 흘리는 땀이라는 사실을 깨닫게 된 데 대한 보상이었던 것이다. 하지만 그런 깨달음에 대한 보상치고는 너무나 귀하고 거룩한 구원의 손길이 그레첸에게서 베풀어진 셈이다.

그렇다면 도대체 그레첸이라는 여인이 괴테에게 무슨 의미가 있는 것일까? 그는 사랑의 여인을 놓쳤기에 그녀를 영원한 사랑으로 자신의 가슴속에 평생 묻어두었다는 의미일 수 있다. 그레첸은 괴테의 베아트리체(단테Alighieri Dante가 사모한 이탈리아 피렌체의 귀부인으로 《신곡La Divina Commedia》에서 이상적인 여성으로 묘사된다)였던 것이다. 성취한 사랑은 잠깐으로 그칠 수 있다. 변색할 수도 있다. 하지만 놓친 사랑은 영원하다.

그레첸에게 바친 괴테 자신의 이런 상념이 《파우스트》 속에서 구체화된 셈이다. 결국 파우스트는 괴테 자신의 또 다른 자아인 셈이다.

이런 식으로 글을 읽게 되면 우리는 고전주의에서 낭만주의로 넘어가던 시기에 걸맞은 시인의 삶을 살다 간 괴테라는 사람의 내면을 들여다보게 된다.

그런데 낭만주의가 기울고 이른바 리얼리즘Realism 시대가 오면 읽기의 대상이 달라진다. 작가나 시인의 내면을 들여다보는 대신 작품이 거울처럼 비추는 외부의 현실 세계를 읽게 된다. 안에서 밖으로 180도의 방향 전환이 일어난 것이다.

리얼리즘은 '리얼리티reality'라는 말에서 파생된 낱말이다. 누구나 알다시피 리얼리티란 객관적인 사실 또는 현실을 의미한다. 우리가 듣고 보고 겪은, 그대로의 생생한 현실이 곧 리얼리티이다.

한 작가가 그 리얼리티를 있는 그대로 작품 안에 옮겨놓으려는 마음가짐을 리얼리즘이라고 한다. 리얼리즘을 사실주의寫實主義라고 하는 것은 바로 이 때문이다. '사실'이란 사실 또는 현실 그대로를 카메라로 사진을 찍듯이 베껴놓는 것을 의미한다.

리얼리즘은 18세기에 번성하던 낭만주의가 기운 다음 19세기 후반에 한창 고개를 추켜들었다. 영국에서도 대단했지만 프랑스에서는 더더욱 기세등등했던 리얼리즘은 자연주의Naturalism와 겹치게 된다. 인간에게 주어진 인간의 자연이자 본성인 생리나 생태 그리고 본능 등을 관찰 대상으로 삼은 것이 바로 자연주의인데 이렇게 인간에게 주어진 자연 그대로의 모습이 주어진 현실 세계에서 어떻게 작용하고 어떻게 역할을 다하는지를 프랑스 리얼리즘은 사실 그대로 그려냈던 것이다.

귀스타브 플로베르Gustave Flaubert의 《보바리 부인Madame Bovary》

(1856년)이나 모파상 Guy de Maupassant의 《여자의 일생 Une Vie》 등은 그런 경향을 띠고 있는 대표적인 작품들이다.

《보바리 부인》은 실제 있었던 이야기, 곧 실화를 소재로 하는 만큼 이미 현실적이다. 뿐만 아니라 작가는 등장인물이 활동하는 현장이나 사건이 벌어지는 현장을 사전에 조사했다. 덕분에 지형이며 지리는 물론이고 심한 경우 건물의 모습까지도 거의 실제 그대로 그려지고 있다. 그만큼 사실적이고 현실적이다.

게다가 인물들도 세속적이고 현실적으로 묘사되어 있다. 19세기 후반의 이른바 시민 사회의 현실을 반영하면서 그 안에서 삶을 영위하고 관계를 맺는 일반 시민들의 생태나 행위를 현실감 넘치게 그려 보이고 있는 것이다.

좀 더 구체적으로는 남녀 사이에 있게 되는 인간 욕정의 실상과 그에 따르는 처절한 비극을 현실 사회의 터전 위에서 낱낱이 그려낸다. 그러니까 독자로서는 현실이란 바깥 세계를 거울 들여다보듯이 보는 동시에 그 현실 속에서 사고하고 행동하는 인물의 모습까지 살피게 된다.

그것은 거울을 통해서 거기 비친 실제 이미지를 보는 것과 크게 다를 바가 없을 것이다. 이렇듯이 리얼리즘의 작품에서는 외부 세계와 그 안의 인물을 읽게 되는 것이다. 이 같은 리얼리즘의 '바깥 읽기'는 낭만주의의 '내면 읽기'와 대조시킬 때 더한층 도드라진다.

하지만 읽기의 역사는 이 정도로 끝나지는 않는다. 다음 시대에는 더 큰 변화가 벌어지게 된다.

그 계기가 되는 것이 이른바 형식주의Formalism이다. 한마디로 형식주의라 지칭하기는 하지만 20세기 중반 미국에서 맹위를 떨친 신비평New Criticism에서 비롯해서 그 후 서구에서 널리 힘을 떨친 구조주의Structuralism와 탈구조주의Post-Structuralism에 이르기까지 상당히 복잡하고 다양한 모습을 보이는 것이 바로 형식주의이다.

한마디로 형식주의는 문학 작품의 문학 작품다운 속성을 작품의 짜임새나 엮음새, 곧 형식에서 찾는다. 때문에 형식주의는 작가의 이념이나 의도, 시대나 사회에 대한 반영, 작품의 주제 등을 주된 읽기의 대상으로 삼지 않는다. 읽기의 초점은 작품, 그 자체에 맞추어지게 된다. 그래서 작품의 형식이 부각되는 것이다.

문학 작품은 그 형식의 멋, 구조의 미학 등으로 그 가치가 결정된다. 문학 작품이 무엇인가 작품이 아닌 다른 것을 나타내는 수단이나 도구로 다루어지는 것을 형식주의는 한사코 거부한다.

가령 그 같은 읽기의 사례를 다루어보면 형식주의의 모습이 비교적 평이하고 구체적으로 드러날 것이다.

아침 해를 등지고 연인들이 걷고 있다
나란히 걷는 두 사람의 그림자가 앞으로 기운다
두 사람은 그들의 사랑을 다른 사람 모르게
남몰래 감추어두고 싶다

둘은 서쪽으로 계속 걷는다

그림자의 길이는 자꾸 줄어든다

그러다가 정오가 되면 그림자는

아주 없어지고 만다

이제 둘은 사랑을 몰래 간직할 생각이 없다

다른 사람들이 모두 알게 되었기 때문이다

해가 서쪽으로 기울면서

나란히 걸어가는 두 사람의 그림자가

뒤로 기운다

이제 그 그림자는 계속 길어져만 갈 것이다

둘은 이제 다른 사람들에게 사랑을 감추지 않는다

이제부터는 옆에서 걷고 있는, 사랑하는 사람 모르게

그를 속일 수 있는 엉큼한 마음을

간직하게 된 것이다.

원래 시 작품은 이렇지 않다. 작품의 꾸밈새와 뜻을 살려서 알아보기 쉽게 풀어놓은 것이다. 원래 작품은 영국의 17세기 시인인 존 던John Donne의 〈그림자에 부치는 강의A Lecture Upon the Shadow 〉이다.

누구나 이 작품이 정서나 감정으로 읽는 사람을 사로잡지 않는다는 사실을 눈치챌 것이다. 이 시는 지적 자극을 통해 읽는 사람에게 재미를 준다. 즉 독자의 가슴이 아닌, 머리에 작용하는 몫이 훨씬 크다.

시를 읽는 사람은 작품이 그려내는 영화 같은 이미지에 매료되는 동시에 그 엮음새에서도 재미를 느끼게 되어 있다. 이것을 두고 '작품의 멋'이라고 불러도 좋을 것이다. 시를 읽는 사람은 그 표현 형식이며 구성의 재미에 흠뻑 빠지게 되어 있다. 그것을 시어의 재미라고 부를 수도 있을 것이다.

우리는 한국 문단의 괴짜 시인 이상의 작품 〈오감도〉를 두고도 비슷한 이야기를 한다.

13인의아해가도로로질주하오.
(길은막다른골목이적당하오)

제1의아해가무섭다고그리오.
제2의아해도무섭다고그리오.
제3의아해도무섭다고그리오.
제4의아해도무섭다고그리오.
제5의아해도무섭다고그리오.
제6의아해도무섭다고그리오.
제7의아해도무섭다고그리오.

제8의아해도무섭다고그리오.

제9의아해도무섭다고그리오.

제10의아해도무섭다고그리오.

제11의아해도무섭다고그리오.

제12의아해도무섭다고그리오.

제13의아해도무섭다고그리오.

13인의아해는무서운아해와무서워하는아해와그렇게뿐이모였소.

(다른사정은없는것이차라리나았소)

그중에1인의아해가무서운아해라도좋소.

그중에2인의아해가무서운아해라도좋소.

그중에2인의아해가무서워하는아해라도좋소.

그중에1인의아해가무서워하는아해라도좋소.

(길은뚫린골목이라도적당하오)

13인의아해가도로로질주하지아니하여도좋소.

이 작품은 시를 읽는 사람 모두를 놀림감으로 삼고 있다. 왜 아이들이 구태여 열세 명인지, 왜 그들이 도로를 질주하는지 등은 도무지 알 수가 없다. 느닷없고 터무니없다.

거기에 한 수 더 떠서는 이랬다저랬다 하고 있다. "무서워하는 아이라도 좋고 무서운 아이라도 좋다"고 한 것은 도대체 뭘 어쩌자는 것일까? 뿐만 아니다. 자그마치 열세 명의 아이가 도로를 질주하고 있다면 그것은 큰 사건일 수도 있다. 도대체 무슨 일일까 하고 궁금해 하는 독자에게 턱도 없이 그들이 질주하지 않아도 좋다고 잡아떼고 있다. 시치미를 떼고 있다.

결국 이 당돌한 작품의 요점은 이랬다저랬다 하고 엎치락뒤치락하는 그 말버릇이나 말투에서 찾게 된다. 그런 말투를 담고 있는 작품의 구성이며 짜임새가 바로 이 작품의 매력이라면 매력이다. 그것이 바로 또 주제이다.

이와 같이 작품의 형식이 갖는 매력은 구조주의에 이르러서 더한 층 강조되지만 어느 경우에나 작품이 작품이 아닌, 다른 무엇인가를 대변하는 것으로 이해되지는 않는다. 작품 자체의 구성미에 마음을 끌리게 하는 것이다. 이렇게 형식주의는 작품 자체를 읽는다.

소설을 소설답게 읽는 법

소설은 재미있다. 수많은 읽을거리 중에도 가장 흥미진진하게 읽히는 것이 바로 소설이다. 실제의 멋진 사건을 직접 눈으로 보듯이, 아니면 신명나는 영화 한 편을 감상하듯이 읽을 수 있는 것이 곧 소설이다. 그러면서 소설은 인물이 엮어가는 사건을 사실인 듯이, 실제인 듯이 그려나간다. 소설은 허구, 이를테면 짐짓 거짓으로 꾸민 이야기이고 사건인데도 현실감이 넘쳐흐른다. 그래서 소설 읽기는 사건을 직접 경험하듯이 실감하게 도와준다.

하지만 소설에도 소설을 소설답게 만드는 요소가 있기 마련이다. 또 원리가 있고 짜임새가 있고 분위기도 있는 법이다. 우리는 그런 요소들 중 인물, 사건, 배경을 일컬어 소설 구성의 3대 요소라고 부른다.

우선 인물은 말 그대로 소설에 나오는 사람을 일컬으며 영어로는 '캐릭터character'라고 한다. 캐릭터라는 단어에서 짐작할 수 있듯이 소설의 등장인물은 각자가 뚜렷한 개성을 지니고 사건이 전개되는 데 각자의 역할을 하게 된다.

그다음 사건은 소설의 등장인물들이 벌이는 사건을 뜻한다. 주로 등장인물들의 행동으로 사건이 전개되므로 사건은 행동이라고도 불린다.

마지막으로 배경은 사건이 일어나는 장소(공간적, 자연적, 사회적 배경)와 시간(시간적, 역사적 배경)을 일컫는다.

소설을 읽는 사람은 이런 세 가지 구성 요소를 염두에 두고 다음 질문을 풀어나가야 한다.

누가 언제 어디서 무엇을 어떻게 왜 저질렀는가? 다시 말해 주제는 무엇인가?

이런 질문을 해결하기 위해서는 사건의 줄거리, 다시 말해 플롯plot과 스토리story를 잘 따라가야 한다. 시간 순서에 따른 사건의 전개가 스토리라면 플롯은 작가의 의도에 따라 사건을 재배치한 것이다. 따라서 소설을 읽을 때는 스토리와 플롯의 차이를 의식하면서 작품의 구성을 엮어내야 한다(독자에 의한 사건의 재구성).

플롯은 시간의 전후, 공간의 원근 이외에 인물의 상호관계와 사건의 인과관계 등을 따르면서 진행되는 것이 보통인데 대개는 사건의 진행에 따라 단계별로 나뉜다. 그중 발단exposition, 전개

complication, 위기crisis, 절정climax, 결말resolution의 5단계로 나뉘는 것이 가장 흔하다.

발단에서는 등장인물과 배경이 소개되고 기본적인 상황이 설정된다. 전개에서는 등장인물의 성격이 고착되면서 사건이 펼쳐진다. 위기에서는 갈등이 깊어지면서 사건이 폭발 직전으로 치닫는다. 절정에서는 사건이 폭발한다. 결말에서는 고조되었던 갈등이 해결되면서 새로운 균형 상태로 접어든다.

요즘에는 이런 단계를 파괴한, 참신한 기법의 소설이 많이 발표되고 있지만 여전히 소설을 읽는 데는 플롯이 중요한 역할을 한다. 따라서 소설을 읽을 때는 소설을 지배하는 사건과 갈등에 특히 유의하면서 어떻게 사건과 갈등이 마무리되는지를 보아야 한다. 결과적으로 사건의 요점을 잡아내되 그 안에서 주제가 살아나도록 마음을 써야 하는 것이다.

그런데 소설을 읽을 때는 플롯 외에 소설의 시점에도 주의해야 한다. 소설에는 사건을 관찰하며 이야기를 이끌어가는 화자 또는 서술자narrator가 등장한다. 화자가 말하는 태도나 등장인물과의 관계 등에 의해 소설의 시점은 1인칭 주인공 시점(소설 속의 '나'가 주인공이 되어 '나'의 이야기를 한다), 1인칭 관찰자 시점(소설 속의 '나'가 주인공, 즉 피서술자narratee의 이야기를 한다), 전지적 작가 시점(작가가 전지전능한 입장에서 이야기한다), 3인칭 관찰자 시점(3인칭 시점에서 서술되며 서술자가 모든 사실을 알지는 못한다)으로 나뉜다. 대개는 1인칭 시점보다는 3인칭 시점이 많이 쓰이는 편이다. 소설의 시점이 어떻든 서술자가 사건과 인물을 바라보는 태도나 시각에 유념해서 작품을 읽어야 한다.

그러면 소설 읽기에 도움이 되도록 짤막한 이야기로 연습을 해 보자. 어린 시절 동화책이나 만화영화로 한번쯤은 접해보았을 만한 그림Grimm 형제의 〈빨간 모자와 늑대〉이다.

빨간 모자의 소녀는 집을 나섰다. 소녀는 이웃 마을에 살고 계시는 할머니 댁에 가기 위해 숲 속을 지나갔다. 그런데 어둑한 숲에서 그만 늑대를 만나게 되었다. 늑대는 소녀를 보자 군침이 돌았다.

그러나 약아빠진 늑대는 소녀에게 냉큼 덤비지 않았다. 숲 속에는 나무꾼들이 있었기 때문이다. 늑대는 나무꾼들이 신경 쓰여서 자꾸만 머뭇거렸다.

그러다가 늑대는 빨간 모자를 쓴 소녀에게 이렇게 물었다. "귀여운 소녀야, 어딜 가는 거지?"

순진한 소녀는 이 괴물과 이야기를 나누는 것이 위험한 일이라는 사실을 알지 못했다. 그래서 소녀는 천연덕스럽게 대답했다.

"할머니 댁에 간다!"

하얗게 빛나는, 날카로운 이빨을 애써 감추면서 늑대가 다시 물었다.

"그랬구나. 그런데 뭐 하러?"

그러면서 늑대는 억지웃음을 띠었다.

"응! 딴 게 아니고 할머니를 뵈러 가는 거야. 엄마가 직접 만든 과자와 포도주를 갖다 드리려고."

소녀는 이렇게 다정하게 대답하면서 예쁘게 웃어 보였다. 그러자 늑대는 웃으면서 소녀를 꽃밭으로 안내했다. 소녀가 꽃에 홀려 있는 사이에 할머니에게로 달려간 늑대는 잠자는 할머니를 통째로 꿀꺽 삼켜버리고 말았다.

한참 뒤 할머니를 찾아온 소녀마저 늑대에게 통째로 삼켜지고 말았다. 잔뜩 배가 부른 늑대는 할머니의 침대에서 깊은 잠에 빠졌다. 늑대는 코까지 우렁차게 골았다. 마침 지나가던 나무꾼이 이상하게 생각하고는 집 안으로 들어가서 늑대의 흉측한 꼴을 보게 되었다.

그가 칼로 늑대의 배를 가르자 할머니와 빨간 모자를 쓴 소녀가 잠에서 깨어난 듯이 되살아났다.

이제 한 편의 이야기를 다 읽었다. 각자 다음 질문을 마음에 새기면서 스스로 생각하고 풀어보자.

(1)빨간 모자는 무엇 때문에 어디를 가려고 했는가?

(2)늑대가 당장 본색을 드러내지 않은 이유는?

(3)처음 소녀를 보았을 때 늑대는 소녀를 어떻게 하려고 마음먹었을까?

(4)늑대를 사람이라고 치면 어떤 종류의 사람일까?

(5)처음 늑대를 만났을 때 소녀는 무엇을 왜 몰랐을까?

(6)빨간 모자는 무엇을 상징하고 있을까?

(7)늑대의 식욕에는 또 다른 의미가 있을 수 있는데 늑대를 수놈이라 치고 생각해보자.

(8)소녀는 집을 나서기 전에 어머니에게서 중간에 한눈을 팔지 말라는 충고를 받았다. 그런데도 소녀는 늑대의 유혹에 빠져 꽃밭을 헤맸다. 이는 무엇을 의미하고 있을까?

(9)전체 이야기의 줄거리를 좀 더 간략하게 줄여보자.

(10)전체 줄거리를 처음–중간–끝의 세 토막으로 나누어보자.

(11)이야기의 화자는 늑대를 어떤 눈으로 보고 있을까?

(12)배경은 이 이야기의 주제와 어떤 관계를 지니고 있을까?

이렇게 한 작품을 읽으면서 수많은 질문을 던지는 것이 거시적巨視的 읽기이다. 이에 비해서 작품의 주제와 직접 관련된 대목만을 골라서 집중적으로 읽는 것이 미시적微視的 읽기이다. 〈빨간 모자와 늑대〉를 요약한 이야기는 짤막하므로 따로 거시적 읽기나 미시적 읽기가 필요하지는 않다. 그러나 이런 경우가 아니라면 거시적 읽기와 미시적 읽기가 유기적인 조화를 이루어야 소설, 아니 모든 읽을거리에 대한 이해가 깊어진다.

시, 가슴과 머리로 읽는 법

소설 읽기에서 우리는 문학의 재미와 그 보람을 살펴보았다. 그러면서 소설 공부가 곧 인생 공부라는 사실을 웬만큼 눈치챌 수 있지 않을까 싶다. 소설은 어느 작품이나 인생의 축소이기 때문이다. 긴 인생을 줄이거나 인생의 어느 한 대목을 엮어도 소설이 될 것이다.

오늘날 소설을 서사 敍事 또는 서사체 敍事體라고 부르는데 이 경우 서사란 말은 신문의 사회면에서 사건을 다루는 것에도, 역사가 어느 시대의 사건을 다루는 것에도 적용된다. 요컨대 사건을 다룬 언어나 글이면 무엇이든 서사 또는 서사체가 되는 셈이다.

하지만 소설이 서사로서 다루고 있는 사건은 소설가가 짐짓 꾸며낸 사건이다. 그것을 '허구'라고 부른다. 그렇게 허구를 다루고 있음에도 소설은 인생의 진실을 도탑게 담아내고 있어서 진실 되다. 그래서 소설은 곧 인생이다. 그래서 소설 읽기며 소설 공부는 바로 인생 읽기가 되고 인생 공부가 된다.

그러나 똑같이 문학인데도 소설과 함께 문학의 양대 장르로 나뉘는 시는 크게 다르다. 시는 읽는 사람의 감성과 정서에 호소한다. 시가 담고 있는 정서며 감성은 읽는 사람의 마음에도 불을 일으킨다. 시는 시인과 독자 사이에서 울리는 감성의 메아리이다.

이 경우 감성이란 머리로 생각해서 무엇인가를 알아차리고 풀이하고 받아들이는 것이라기보다는 가슴으로 느껴서 받아들이는 인간의 정신적 능력이다. 정감이라고 말해도 좋을 것이다. 시와 독자는 정서로 서로 교감하게 된다.

이 경우 정서란 기쁨, 즐거움, 슬픔, 외로움 그리고 고달픔 등을 느끼는 마음의 힘 또는 작용을 의미한다. 그래서 시와 독자는 결국 동고동락하게 되어 있다. 함께 즐거움을 나누고 함께 쓰라린 고통을 나누어 가진다. 이를 시와 독자 사이의 공감 또는 공명이라고 불러도 좋을 것이다. 시 공부는 이같이 동고동락하는 것이다.

따뜻한 가을 저녁 두 눈을 감고

그대의 뜨거운 젖가슴 냄새를 맡으면

단조로운 햇빛 눈부신

행복한 바닷가가 눈앞에 펼쳐진다

자연에서 진귀한 나무와

맛있는 열매를 얻는 게으른 섬

날렵하고 힘찬 몸의 사내들

자유로운 눈매의 여인들

그대 체취에 매혹적인 곳으로 이끌려

거센 파도에 속절없이 지친

돛과 돛대 가득한 어느 항구를 나는 본다

공중을 떠돌며 콧망울을 부풀게 하는

초록의 타마린드 향기가 내 영혼 속에서

뱃사람들의 노래와 뒤섞인다

이것은 19세기 중엽 프랑스를 대표하는 시인이었던 보들레르 Charles Pierre Baudelaire의 〈이국 향기 Parfum Exotique〉라는 시이다.

이 시를 논리적으로 머리로 따지면서 읽을 수는 없다. 시인(또는 시적 자아)은 오직 사랑하는 이에게서 느끼는 체취로 모든 정경과 풍경을 물들이고 있다.

바다도, 태양도, 섬도, 나무도, 열매도, 또 남녀도 오직 사랑하는 임의 체취가 남기는 여운일 뿐이다. 뿐만 아니다. 포구의 정경도 조금도 다를 바 없다. 그러다가 드디어 그 체취는 시인의 영혼 속에서 뱃사람들의 노래와 합창을 하기도 한다. 눈에 보이는 모든 것은 임의 체취로 젖어 있을 뿐이다. 임은 세계이다.

시는 이렇게 노래하고 있다. 시인과 다를 바 없는 감각을 우리 각자의 것인 양 가슴으로, 온몸으로 느끼는 것, 우리는 바로 그것으로 읽기를 대신하는 것이다. 시인의 코가 주변의 풍물과 어우러진 임의 체취로 부풀어 오르듯이 우리의 코 또한 그렇게 되는 것으로 시 읽기는 마무리된다.

그러니 시 공부는 필경 공감이다. 시인의 감성과 아우러져서 하나가 되는 일, 바로 그것이 시 공부의 궁극이다.

또한 시는 가슴의 문학이다. 인간 정신의 구슬 같고, 또 인간 영혼의 보배 같은 글에는 정서가 어려 있고 정감이 서려 있다. 그것을 읽는 사람 또는 공부하는 사람으로서도 그 정감과 정서를 나누어 갖는 것이 요긴해진다.

하지만 인간의 언어이고 글인 이상, 시라고 해도 지성과 영원히 거리를 둘 수는 없다. 가슴이 시를 밸 때도 머리며 지성이 도우미 구실을 맡는다.

도우미로 그치지 않고 오히려 정서나 감정을 주도하는 경우도 있을 수 있다. 흔히 주지주의主知主義란 이름이 붙은 시일수록 이런 성향이 짙어지기 마련이다.

그러니까 시를 읽거나 공부하는 사람도 당연히 시를 가슴으로만 읽지 말고 머리로도 따져가면서 읽고 또 공부해야 한다.

앞서 소개한 영국의 대표적인 주지주의 시인인 존 던의 시는 그래서 우리의 주목을 다시 한 번 받게 된다. 앞서 살펴본 〈그림자에 부치는 강의〉는 머리를 썩 잘 굴린 시이다. 그 꾀부림에 따르는 말재주가 여간이 아니다. 덕분에 수수께끼나 수학 문제를 푸는 듯한 재미가 거기 따라붙게 마련이다.

그런 경향은 그의 또 다른 시에서도 두드러지게 나타난다. 그의 〈이별의 말—애도를 금함 A Valediction:Forbidding Mourning〉이란 작품이 바로 그렇다.

점잖은 사람들은 점잖게 숨지며
그들의 영혼에게 가자고 속삭인다
임종을 지켜보는 슬픔 어린 친구들이
숨이 졌다, 아니다 하고 말하고 있을 때

그처럼 우리도 조용히 사라지자
눈물의 홍수나 한숨의 폭풍 없이
속물들에게 사랑을 알리는 것은
우리의 기쁨을 모독하는 것이다

지구가 움직이면 재난과 공포가 따르고
사람들은 그 피해와 의미를 계산한다
전체의 움직임은 그보다 더하지만

사람에게 끼치는 해로움은 덜하다

우둔한 속세 사람들의 사랑이란 것은
그들이 오로지 관능만을 아는지라
이별을 이겨내지 못한다
이별은 사랑의 요소를 제거하기 때문이다

그러나 우리는 이별을 모를 만큼
서로가 서로의 마음을 믿고 있고
사랑으로 세련되어
눈과 입과 손이 없음을 탓하지 않는다

우리 둘의 영혼은 결국 하나이니
내가 떠난다 해도 헤어짐이 아니오
두드려서 엷어진 금박 모양으로
오로지 넓게 확장될 뿐이다

우리 영혼이 만일 둘이더라도
컴퍼스의 다리처럼 한데 붙은 둘이다
고정된 다리인 당신의 영혼은
다른 다리를 따라 움직이게 마련이다

당신의 다리가 중심에 서 있어도
상대방이 멀리 움직여 떠날 때면
그쪽으로 몸을 기울이고 귀를 기울인다
그리고 그쪽이 돌아와야 곧게 일어선다

당신도 내게 정녕 그러리라
비스듬한 다리처럼 움직이겠지만
당신의 확고함이 내 원을 바르게 하고
내가 출발한 곳에서 끝나게 한다

이런 타이름은 너무나 그럴듯하다. 여인은 뭔가 울컥하면서도
사내의 말을 잘못이라고 대들지는 못했을 것이다. 그녀는 마지못
해 고개를 주억거리면서 이별을 받아들였을 것이다.

나를 버리고 가시는 임은
십리도 못 가서 발병 난다

이런 모질고 야멸친 소리는 하지 않았을 것이다. 그래서 시는 꾀
보가 되고 그 읽기도, 공부도 별 수 없이 꾀부림이 될 수밖에 없다.
시 읽기도, 공부도 이렇게 재미나다. 그것은 우리의 외로운 방랑
시인, 나그네 시인 김삿갓의 거의 모든 시가 뒷받침해줄 것이다.

나의 시 읽기1

나는 시의 여러 비유법에 매혹되었다. 직유에서 은유, 대유에서 제유까지 비유법들은 시적인 언어의 크나큰 매력이고 장기長技로 받아들여졌다. 세상과 자연 속에 있는 온갖 것들을 시는 아무렇게나 흩뜨려지고 외따로 뒹구는 채로 내버려두지 않았다. 긁어모으고 잘 간추려서 끼리끼리 맥을 통하는 이웃이 되게 해주었다. 사돈에 팔촌도 못 될 것들끼리 친족이 되게 하고 혈족이 되게 함으로써 시는 나를 홀릴 대로 홀렸다. 산재하고 있는 그 모든 것들 사이에서, 이를테면 따로따로고 별개의 것들 사이에서 카오스chaos를 씻어내고 로고스logos를 불어넣는 것이 시였다. 그래서 시는 언제나 내게는 '역사 속의 천지개벽'이 되곤 했다. 그것은 나의 '천지창조'였던 셈이다.

우리가 살아가고 있는 이 역사적인 현실 속에서도 수시로, 무시로 하고많은 존재들을 우주가 생긴 이후 처음 생겨난 듯이 시는 보여주었다.

　시 덕분에 세상과 자연 속에 연계連繫며 맥락脈絡이 이룩되고 인연이 지어지곤 했다. 그건 다름 아닌, 각종 비유법으로 시가 마련해주는 나의 '신천지'였다. 시를 대하고 그 비유법을 볼 때마다 내게는 새로운 세계가 하나씩 열려갔다. 천지개벽이 계속되었다.

　그러면서 세계 안의 사물들이 차츰 내 것이 되어갔다. 나의 소유가 늘어갔다. 나의 꽃, 나의 풀, 나의 나뭇잎 등이 생겨났다. 그 모든 것이 내 것이 되어갔다. 하지만 그것은 획득해서 점유하는 소유는 아니었다. 그 사물의 객관적 존재는 그 모습, 그 형태, 그 생리 등은 그냥 지닌 채로 내 가슴 속에서, 나의 영혼 속에서 내 것이 되어갔다. 그것은 이를테면, '획득 없는 소유' 또는 '점유 없는 순수한 소유'라고 부를 만한 것이었다.

나는 온갖 그리움이 솟구쳐 흘러나오는 중심

거룩한 샘이라네

－노발리스Novalis

독일 낭만주의의 꽃인 노발리스의 《프라그멘테Fragmente》, 곧 '단상집斷想集'에 한창 넋을 팔고 있던 무렵 나는 이 대목을 읽으면서 나 역시 샘이고 싶었다. 어느 깊은 골, 정갈하게 물을 뿜고 있는 샘과 나 사이에도 은유적인 유대가 마련되기를 기원했다. 그리하여 온 세상의 모든 아름다운 것, 귀한 것이 잔잔하게 고여 있는 샘으로 내 가슴에 자리잡기를 빌고 또 빌었다.

　맑은 물이 샘솟는 어느 옹달샘이 내 마음이고 싶었다. 눈부신 빛살의 잠자리를 낚듯이 수면을 치면 황금빛 물살이 일곤 하는 그 옹달샘, 산새가 살짝 목을 적시는 여운으로 산들바람의 무늬가 얼룩지곤 하는 그 옹달샘이 내 마음속 깊은 곳에 고여 있기를 두 손 모아서 빌었다. 밖에서 주어지는 어떤 작은 자극도, 어떤 미세한 작용도 내 가슴 속에서 어떤 형상形象을, 어떤 이미지를 그리고 어떤 운율을 갖게 되기를 빌고 또 소원했다.

나의 시 읽기2

시의 비유법에 접하면서 시를 보는 눈이 넓고 커져갔다. 그건 세상이며 세계의 로고스였다.

가령 윤동주가 누구나 아는 그의 〈서시〉에서 "죽는 날까지 하늘을 우러러 한 점 부끄럼이 없기를 잎새에 이는 바람에도 나는 괴로워했다"라고 노래했을 때 죽음과 삶이 손잡고 있는 것만은 아니었다. 하늘과 부끄러움이 그리고 부끄러움과 풀잎만이 연계되어 있는 것은 아니었다. 그 모든 것의 연줄 속에서 '잎새에 이는 바람'은 시인의 부끄러움을 비쳐 보일 거울과도 같은 구실을 다하고 있다. 거기 윤동주만이 볼 수 있었던 바람의 비유법이 돋보이고 있다.

비유법이 조형해낸 이미지는 시의 미학에서 더할 나위 없는 결정結晶이다. 가령 딜런 토머스Dylan Thomas는 모태에 깃든 생명을 수의를 마련하는 재단사에 비유한 적이 있다. 어머니가 걸음을 뗄 때마다 뱃속의 아이는 그 두 다리를 가위 삼아서 장차 자신의 주검에 입힐 옷을 재단한다는 것이다. 이런 묘사는 내게 너무나 충격적이었다. 뜻밖이라도 너무나 큰 뜻밖이었다. 하지만 그 의외성은 지당한 것이었다. 존 던을 비롯한 영국의 형이상학파 시인들 Metaphysical poets 에게서 자주 맞닥뜨리게 되는 이른바, '형이상학 적인 충격'과 같은 것이었다. 하지만 이 충격적인 이미지는 진리였다.

거기 바로 시가 가꾼 '언어의 미학'이 있음을 느꼈을 때, 또 그와 함께 시의 서정이 마침내 발견이 되고 통찰이 되고 그래서는 인식이 된다는 사실을 간신히 깨달았을 때 시는 내게 형이상학이 되고 또 신앙이 되기도 했다.

시의 서정이 곱고 아름답고 그래서 우아미優雅美의 절정에 올라서는 것은 천번 만번 반길 일이다. 우리 가슴에 크나큰 공명을 일으키는 일도 예사는 아니다. 하지만 서정이 우리의 머리에 충격을 주어서 인식이며 형이상학과 단짝이 되었을 때 그 영예는 더없는 것이 될 것이다. 시의 서정이 감정으로 머물고 말면 그건 여간 아쉬운 일이 아니다.

그래서 우리 세기의 가장 위대한 철학자인 하이데거 Martin Heidegger 가 횔덜린 Johann Chritian Friedrich Hölderlin 이며 릴케에게서 '형이상학의 또 형이상학'을 본 것을 훗날 알아냈을 때 나는 박수를 쳤다.

시를 위해서 또 문학을 위해서 크고 우렁차게 치고 또 친, 그 박수 소리! 몇 십 년이 지난 오늘에도 여전히 쟁쟁하다. 소슬하다.

나의 독서 순애보

'읽기'와 관련해서 어느 책 한 권, 어느 작품 하나를 대상으로 내 읽기의 '경력서'를 적고 '순례기'를 써 달라는 것이 편집자의 분부였다. 하지만 어느 구체적인 대상 하나를 꼬집어서 '편력지 遍歷誌'를 늘어놓기 전에 읽기와 관련된 '순애보 殉愛譜'를 털어놓는 것이 순리 같다.

나의 독서 순애보는 '몰입 沒入'이란 낱말로 사랑의 첫 고백을 했다. 몰입, 그것 없이 사람이 제대로 할 수 있는 일, 그런 것이 있을까? 있기나 할까?

몰입 없이는, 무엇보다 사랑부터가 이미 군단지럽고 말 것이다. 몰입을 빼먹은 사랑, 그따위는 광채가 삭아버린 보석 같은 것. 그래서 사랑은 무지렁이가 될 것이 뻔하다.

그러기에 몰입은 열정이 된다. 무엇엔가 온 정성, 온힘을 바치는 일이 된다. 감각은 날카로울 대로 날카롭고 정신은 화산처럼 달아오르면서 온 관심이 다만 어느 하나에 쏠리게 되는 것으로는 열정과 몰입이 다를 수 없다. 글 읽기라는 것, 독서라는 것은 몰입의 엘리트 같은 것. 그것은 몰입의 정화 精華 이다.

"외곬으로 빠져 있더라!" 그렇게 말할 수 있기로는 사랑과 독서 중 어느 것이 으뜸일까?

모르긴 해도 누가 더 잘나고 덜 잘나고를 따질 필요는 없을 것 같다. 그야말로 '막상막하'일 것 같다. 한 쪽의 높이가 2킬로미터로 우뚝 선다면 다른 한 쪽은 2,000미터로 솟아오를 것이 뻔하다.

아니, 막상막하라는 말로 양자의 관계를 제대로 찍어내는 데는 그 수사 修辭 의 힘이 모자란다. '용호상박 龍虎相搏'이라야 수사의 힘이 제대로 발휘될 것이다. 용과 호랑이가 맞붙어서는 으르렁대면 온 천지가 술렁댈 테지만 몰입의 정도며 그 질을 두고서 사랑과 독서가 겨룬다면 하늘과 땅이 서로 거품을 물고 덤비는 대 회전 會戰 이 될 것이 뻔하다.

그러기에 책 읽기는 사랑을 사랑할 것이고 사랑은 책 읽기를 사랑할 것이라면 말장난일까? 절대로 아니다. 그럴 수는 없다.

책이 없었다면 춘향이 무슨 재주로 이도령의 품에 다시 안겼을까? 책이 없었다면 로미오와 줄리엣이 어디서 밀회 密會 를 즐겼을까?

춘향도, 줄리엣도 책 없이는, 작품 없이는 자신들의 사랑을 차마 누리지는 못했을 것이다.

나의 두보 읽기

내게 독서란 그런 것이다. 책 읽는 몰입, 그것이 없었다면 나의 사랑은 가뭄을 타고는 말라 시들었을 것이다. 아니, 말라 시들어빠졌을 것이 틀림없다.

내가 사랑을 경험하지 못했다면 내 책꽂이는 '고물 상자'의 참혹한 운명을 면하기는 어려웠을 것이다.

내게는 모든 책 읽기가 그랬다. 그렇지 못한 책은 내동댕이쳐졌다. 그러다가 어느 마트의 영수증과 같은 꼴이 되곤 했다. 안 읽는 것이 귀한 시간을 버는 셈이 될, 그런 책은 막다른 골목에서 싫은 여자와 맞닥뜨리는 것이나 진배없었다.

그래서 내가 사랑처럼 몰입했다기보다 아예 사랑으로서 몰입한 것, 그것은 오직 책뿐이었다. 편견이 껴들었다 해도 그것은 누가 시비 걸 문제가 못 된다.

그런 책의 종자며 가짓수를 대라고 하면 적잖이 만만찮은 일이

되겠지만 그중에도 앞장설 무리에는 중국의 시성 詩聖 두보 杜甫가
포함되어 있다.

중국의 당송시대에 시인의 수는 은하수의 별만큼 많았다. 그들
상당수가 한여름 밤하늘의 별처럼 빛나기도 한다. 하지만 두보는
그들 중 가장 거대하고 눈부신 샛별이다. 아니, 거대한 항성 恒星이
다. 정말이지 대학 시절은 물론 그 뒤에도 줄곧 두보에 몰입할 대
로 몰입했었다.

고각연변군 鼓角緣邊郡

천원욕야시 川原欲夜時

추풍은지발 秋風殷地發

풍산입운비 風散入雲悲

포엽한선정 抱葉寒蟬靜

귀산독조지 歸山獨鳥遲

만방성일개 萬方聲一介

오도경하지 吾道竟何之

이것은 두보의 율시 律詩 중 하나로《진주잡시 秦州雜詩》의 제3수
이다. 암송 暗誦하는 대로 옮겨본 것인데 혹시 잘못 기억된 대목이
있을지도 모른다. 그러나 그 잘못까지도 참다운 '나의 두보'라고
생고집을 부리고 싶다.

이 변두리 고을에 북 치고 나팔 불어대니 또 전쟁인가?

강바닥은 이제 밤이 깊어가는데도

그 소리는 가을바람을 타고 땅바닥을 흔들고

구름에 사무쳤다가는 흩날리는 저 슬픈 바람이 되는구나

잎을 안은, 찬 매미는 고요하고

산으로 돌아가는 새는 더딘데

온 세상에 오직 전쟁 소리뿐이니

내가 갈 길은 어디인가?

억지로 우리말로 풀면 이렇게나 될까? 자신은 없다. 하지만 두보 시의 비창, 두보의 비탄 어린 서정이 엉터리 번역으로나마 전해지기를 바란다.

당나라 현종 때 안녹산_{安祿山}의 반란으로 온 나라가 전쟁에 휘말려들었다. 가난하고 힘없는 시인 가장_{家長}은 가족을 달구지에 태우고는 난리를 피해 다녔다.

이 시는 전란의 아우성 그 자체로, 무방비한 피난살이 그 자체로 내 가슴을 도려냈다. 내버려질 대로 내버려지고 내팽개쳐질 대로 내팽개쳐진, 처절하고 극한 삶이 내 목에서 울컥 눈에는 보이지 않는 생피를 솟게 했다.

이렇듯이 두보는 '패션_{passion}'의 시인으로 내 심중을 파고들었다. 그의 슬픔, 그의 허무, 그 고립무원_{孤立無援}의 무서운 심연에 나는 어느 겨를엔가 익사라도 한 듯이 깊숙이 빠져들고 있었다.

영어를 써서 안 됐다. 하지만 피치 못할 사정이 있다.

바흐 Johann Sebastian Bach의 두 수난곡, 예컨대 〈요한수난곡 St. Johanness Passion〉과 〈마태수난곡 St. Matthew Passion〉은 영어로 패션이라고 표기한다. 십자가에 매달리는 것이 패션의 궁극이다. 고통의 절정이 패션이다. 그런데도 이 낱말이 열정이라고 번역되기도 한다는 사실을 모를 사람은 없을 것이다.

고통의 막장이 열정의 궁극이란 것을 패션이라는 단어가 보여주고 있다. 온갖 인종의 별별 낱말 가운데서 내가 가장 사랑하는 것 중 하나가 바로 패션이다. 하지만 열정이라고만 하면 고통이 빠질 것이고 고통이라고만 하면 열정이 맥을 못 출 것 같아서 굳이 패션이란 영어 단어를 빌려 쓰는 것이다.

거기서 나는 고통과 맞대면하는 것이 인간의 마지막 열정, 가장 뜨거운 열정이란 것을 배운다. 두보의 시를 통해서 그 배움은 현장 학습이 된다. 고통을 투덜대는 치사한 입버릇, 그것에서 줄행랑만 놓으려는 못난 짓거리 등을 내가 깔보게 된 것은 이 현장 학습에서 익힌 오기 같은 것이었다.

나를 몰입하게 한 두보의 시는 대부분 수난곡이다. 가령 〈병거행 兵車行〉이 그 전형이다. 두보의 시에서 삶은 가시밭이다. 아니, 십자가이다. 형틀일지도 모른다.

그래서 두보는 앞서 소개한 시의 말미에서 돌아갈 산이 있는 것

만으로 유유자적하는 새와 달랑 잎 하나 안고도 안식할 수 있는 늦
가을의 매미를 눈여겨보고 있다. 그러면서 모처럼 잠든 가족을 깨
워서는 떠나야 하는, 또 다른 피난처가 어디가 될지를 묻고 있다.

하지만 두보는 딴 길을 택한 것이 아니다. 다만 시를 골랐을 뿐
이다. 시가 그의 패션의 궁극이다. 그의 십자가이다. 그리고 그의
대도大道요, 왕도王道이다. 시가 그의 산이요, 잎인 것이다.

그 점을 엇비슷하게나마 깨달았을 때 나는 내 삶을 걸고 두보에
함몰하고 있는, 또 두보를 사랑하고 있는 나를 발견했다.

고난이 그리고 고통이 닥칠 적마다 여전히 두보는 내게 최선의
방패이다.

소설을 못 읽게 한 어른들에게

왜 그랬을까? 내가 어릴 적, 초등학교 상급반이거나 중학생이던 그 시절, 우리 집안 어른들은 왜 곧잘 그런 말을 한 것일까?

"소설 읽지 말고 공부나 해!"

이것은 너무나 자주 듣던 말이다. 모처럼 어렵게 구해온 동화집이나 소설을 압수당하기도 했다.

"다음에 또 소설을 읽다가 들키기만 해봐! 책을 아예 찢어버릴 테니까."

이렇게 꾸중 아닌 협박을 당하기도 했다.

그래서 나는 숨어 읽기의 비법을 개발하게 되었다. 그것은 일종의 자구책이었다. 소설책만을 구원해내는 것이 아니라 나를 꾸중에서 구원해내는 비책이기도 했다.

그 소설 읽기의 비법에는 여러 전략이 활용되었다. 《삼국지》의 제갈공명에 뒤질 것이 추호도 없었다.

그 첫째가 '몰래 읽기'였다. 어른들이 나들이를 가거나 집안일에 정신없이 매달려서 한눈을 팔 겨를이 없는 틈을 타서 비교적 여유 있게 소설책을 펼칠 수 있었다. 행여 중간에 느닷없이 어른들이 들이닥칠까 봐 쫑긋하게 세운 귀가 오히려 소설 읽는 재미를 돋우어주었다. 거기에는 아슬아슬한 스릴도 깃들었기 때문이다.

둘째는 '바깥 읽기'였다. 아예 집에 들어가지 않고 교실이나 집 근처의 공터에서 소설을 읽어대면 거칠 것이 없어서 아주 좋았다. 그것이 어린 시절 내가 누린 최대의 자유였다. 바깥 읽기는 내게 자유의 소중함을 진작부터 일깨워주었다. 그런 자유의 공간에서 읽던 소설은 집에 돌아오는 길에 소설을 빌려온 대본貸本 집에 돌려주면 전혀 증거를 남기지 않는 완전범죄를 저지를 수 있어서 좋았다.

셋째는 '도둑 읽기'였다. 아니, '사기 읽기'라는 것이 더 옳겠다. 책상에 앉아서 교과서나 교재를 펴고는 공부하는 척 꾸몄다. 말하자면 어른들의 독단적인 생각에 제대로 된, 본격적인 공부라고 볼 만한 것을 하는 척, 위장을 한 것이다.

활짝 펼쳐진 교과서 밑에 소설책을 반쯤 가려서 깐다. 물론 시선이며 눈길은 소설책에 박혀 있다. 글을 줄줄이 따라가면서 넋이 나간 채로 읽는다. 그야말로 재미가 솔솔 난다. 독서삼매란 이런 경지이다. 온전히 주인공과 동화해서 마음이 움직이고 머릿속도 함께 움직인다. 내가 어느새 주인공이 되어 있다.

그러다가 누군가 어른이 나타나는 기척이 나면 약삭빠르게 재주를 부렸다. 교과서나 교재로 소설을 덮어버린다. 시치미를 떼고는 여태껏 교재나 교과서를 공부한 척한다. 공책까지 펴면 소설은 온데간데없이 자취를 감추고 만다. 이렇게 아슬아슬하게 위기를 넘길 적마다 나는 속으로 투덜댔다.

"소설 읽기는 공부가 아닌가? 어차피 글인데. 글이기는 교재나 교과서와 다를 바 없는데. 그래서 소설 읽기도 결국은 글 공부인데 그것도 모르고…. 바보!"

나는 그렇게 화를 풀곤 했다. 글이나 책 읽기가 공부의 으뜸이라는 것은 어린 나도 모를 턱이 없었다. 그런데 꼬마에게는 만화나 소설 읽기가 읽기 공부의 으뜸이고 시작인 것을 어른들은 모른다고 어린 나는 그들을 가엽게 생각했다.

수업을 듣는 것이 공부라면 책 읽기도 그에 못지않은 공부인 것을 어른들도 알고 있을 것이다. 그런데 아이들에게는 소설 읽기가 읽기 공부의 기틀이란 것을 어른들의 굳은 머리는 알아차리지 못한 것이라고 나는 그들을 흉잡았다.

그래서 어른들의 무지가 말썽을 피울수록 나의 소설 읽기는 끈질김을 더해갔다. 소설 읽기의 3대 전략은 효과 만점이었다.

어린 내게 소설 읽기는 글 공부이며 읽기 공부 자체였다. 재미를 곁들여서 문리文理를 터득하는 데는 소설만 한 것이 없었다. 사물을 지각하고 세계를 인식하는 길이 소설 덕분에 열렸다. 사람들의 심리며 마음을 읽어내는 것도 소설 덕분에 농익어갔다.

　"소설을 읽지 말라는 건 글 공부를 하지 말라는 것과 같아요."

　어린 내게 소설을 읽지 말라고 야단치던 그 옛날의, 그 어른에게 이렇게 소리치지 못한 것이, 그렇게 외치며 항변하지 못한 것이 새삼 아쉽다.

IV

쓰고 짓고 표현하다

글 쓰기의 실제

논증, 논리적 글 쓰기의 바탕

2010년 1월 중순 논술에 관한 중대한 발표가 있었다. 서울교육청이 새로 발표한 방침에 따르면 서울 지역의 초등학교 5~6학년을 비롯해서 중·고등학교 전 학년에 걸쳐서 객관식 단답형이 아닌, 주관식 서술형과 논술형으로 시험을 치러 내신에 반영하겠다는 것이었다. 그 새로운 시책은 2010년 봄 학기부터 시행이 예정되어 있었다.

이제야 교육계가 일부나마 바른길로 노선을 바꾼 것이다. 객관식 단답형 시험만으로는 학생들의 학습 능력을 온전하게 평가할 수 없다는 사실을 이제야 인정한 것이다. 그것은 교육계의 깨달음 같은 것이다.

따라서 초·중·고등학교 학생들은 이제부터 논리적 글 쓰기에 관심을 쏟아야 한다. 시험 성적을 올리기 위해서만은 아니다. 학생 각자의 학습 능력을 높이고 학습 태도를 발전시키기 위해서도 당연히 그래야만 한다.

그런데 논리적 글 쓰기란 도대체 무엇일까? 우리는 새삼 이를 물어보아야 한다. 그래야 논리적 글 쓰기를 제대로 공부할 수 있을 것이다.

우리가 보통 글을 쓰고 읽을 때 글의 종류는 크게 네 가지로 구분되어왔다. 글 자체보다는 글의 구실을 따져서 그렇게 네 가지로 나누었다고 말하는 편이 더 옳을 것이다.

묘사와 서사와 설명과 논증. 이들 네 가지 구실에 따라 우리는 글을 쓰고 읽으면서 공부해왔다. 묘사는 예컨대 사물이나 객체, 그 자체의 모습이나 인상을 베끼다시피 글로 옮겨놓는 것이다. 서사는 역사서나 소설처럼 사건의 줄거리를 글로 옮긴 것이다. 설명은 사물이며 객체의 속내를 알기 쉽게 글로 옮겨놓은 것이다. 학교 교육에 쓰이는 교과서나 참고서에서 설명은 큰 구실을 맡게 된다.

그런데 이들 셋과는 달리 논증은 좀 성가시다. 글이나 말의 네 가지 구실 가운데 으뜸으로 까다롭고 힘겹다. 영어로는 '아규먼트 argument'라고 하는데 기본적으로는 누군가와 말다툼을 벌여서 결국 이기는 것이 다름 아닌 논증이다. 그것에 바탕을 두고 누구나 각자 자기의 주장을 논리적으로 차곡차곡 펼쳐서 읽는 사람 또는 듣는 사람이 받아들이게 하는 것이 곧 논증이다. 그래서 논증은 논의하기, 증명하기, 설득하기, 타이르기 등 몇 가지 낱말과 뜻을 나누어 가지게 된다.

로마의 키케로_{Marcus Tullius Cicero}는 웅변으로 역사에 그 이름을 남기고 있는데, 누구의 것이든 웅변에는 으레 논증이 따르기 마련이다. 그러니 각급 학교의 시험에서 또는 대학입시에서 논증의 글을 쓸 때는 글로 웅변하기라고 생각해도 좋을 것이다.

바로 이 같은 논증을 골자로 삼은 글이 다름 아닌 논리적 글 쓰기이다.

논리적 글 쓰기의 3대 원칙

"내 말이야말로 옳다!" "내가 쓰는 글은 진리이다!"

이것은 논증이 내세울 구호로 논리적 글 쓰기에도 통한다. 그러자니 논리적 글 쓰기에는 3대 원칙이 있다. 그것은 글의 꾸밈새에 관한 원칙이고 글의 내용에 관한 원칙이기도 하다.

(1) 옳은 판단

(2) 옳은 주장(명제)

(3) 곧은 논리

논리적인 글을 쓰기 위해서는 무엇보다도 사물이나 사태나 상황에 관해서 올바른 판단을 내려야 한다. 가령 '사람은 어떻게 사는 것이 합당한가?', '공부는 어떻게 하는 것이 효과적인가?', '공부는 왜 해야 하는가?' 등등의 물음에 다른 사람도 납득할 수 있는, 객관적인 판단을 내려야 한다.

'이게 옳다', '이것이야말로 바른 길이다', '사람은 모름지기 다른 사람과 이렇게 사귀면서 살아야 한다' 등등의 판단을 내려야 비로소 논리적 글 쓰기가 시작된다.

그런데 논리적 글은 그 같은 판단을 다른 사람에게 주장하기 위한 글이다. 판단은 당연히 주장과 짝짓게 되어 있다. 그래서 논리적 글은 글로써 하는 주장이 된다.

그런데 글쓴이가 내세우고자 하는 주장은 '명제命題'라고 부른다. 영어로는 '프로포지션proposition'이라고 하는데 무엇인가 계획하기를 비롯해서 제안하기, 주장하기 등을 의미하는 데서 명제란 말의 뜻을 헤아릴 수 있을 것이다. '인간은 만물의 영장이다' 또는 '공부는 인생의 밑거름이다'와 같이 명제는 흔히 'A는 B이다'라는 형식을 갖추고 있다.

물론 한 편의 논리적인 글에는 여러 개의 명제가 들어 있을 것이다. 그러나 그들 부분적인 또는 국지적인 명제는 어디까지나 최종적인, 그래서 한 편의 논리적인 글에서 가장 중요하면서도 으뜸이 될 '총체적 명제'를 뒷받침하고 있어야 한다. 그러니까 논리적인 글을 쓸 때는 무엇보다 먼저 이 '총체적 명제', 다시 말해 최후의 명제를 똑똑히 의식해야 한다. 그래서 글을 쓰기 전에 미리 총체적인 명제를 구체적으로 작성해서 그 최종적인 명제가 글 전체를 이끌어갈 길라잡이가 되게 해야 한다.

그런데 이 최종적인 명제는 글 쓰는 이의 주관적인 창의성을 살려내는 한편 독자들에게 받아들여질 수 있는 객관성도 갖추고 있어야 한다. 논리적인 글을 쓸 때 이 같은 최종적인 명제의 창의성을 살리도록 애써야 할 것이다. 누구나 쉽게 내세울 명제로는 좋은 글을 쓸 수가 없다.

이렇게 명제가 확립되면 이제 논리 정연하게 줄거리를 갖추어서 그 주어진 명제가 다른 사람에게 받아들여질 수 있을 만큼 올바르고 적합하다는 것을 보여주어야 한다. 물론 논리는 연역법이나 귀납법 등을 활용하겠지만 속말로 하면 말의 씨가 먹히게 논리적인 글을 엮어나가야 한다. 바로 그 논리로 글의 명제가 옳고 바르다는 사실을 독자에게 납득시키고 이를 받아들이게 해야 한다.

"그래, 이 글의 주장(또는 명제)은 읽는 우리가 받아들이는 것이 마땅해!"

결국 이것이 논리적인 글의 마지막 골포스트이다.

'시비 가리기'의 힘

누구나 친구와 말다툼을 해본 경험이 있을 것이다.

이처럼 '시비'가 붙어서 주먹다짐이 아니라 '말다툼'을 겪어보았을 것이다. 그렇다. 그런 말다툼이 바로 각자가 논리적인 주장을 펼치는 대표적인 사례이다. 논리적인 글의 바탕이 되는 논증은 무엇보다 '시비 가리기'이다.

시비는 한자로 是非라고 쓴다. 여기서 '시是'는 '이 시', 또는 '옳을 시'이고 '비非'는 '아닐 비', '헐뜯을 비', '그를 비'이다. 그래서 시비는 '옳고 그름', 아니면 '옳고 그름을 따지는 일'을 뜻하기도 한다.

이런 뜻의 시비 가림은 친구와의 '논쟁', 곧 '말싸움'이 되기도 하지만 그것이 바로 논리적 글 쓰기의 바탕이 된다.

그러니 "웬 시비야? 그만하라고!"라며 시비를 못마땅하게만 여기는 것은 결코 바람직하지 않다. 시비를 가리지 않으면 진리를 포기하고 정의를 나 몰라라 하는 꼴이 되고 말 것이다. 그럴 수는 없다.

그런데 한자 시是와 비非가 나온 김에 그와 관련된 재미있는 이야기를 살펴보고 넘어가자. 시是는 원래 숟가락이고 비非는 빗이다. 둘 다 물건의 모양을 본뜬 글자로 시是는 숟가락의 오목한 머리 부분과 거기 달린 자루를 그대로 베낀 글자이다. 한편 비非는 빗의 모양 그대로란 사실을 누구나 눈치챌 수 있을 것 같다. 그러니 한편으로는 숟가락으로 맛나는 것을 먹어대고 다른 한편으로는 머리를 빗어대는 것이 곧 시비인 셈이다.

그건 그렇다 치고 어쩌다가 숟가락과 빗이 옳고 그름을 캐고 따지고 가린다는 의미를 갖게 되었을까? 궁금하다! 그렇다. 궁금증은 논증의 시작이고 시비 가리기는 논증의 열매이다. 이건 대단히 중요하니까 머리에 잘 새겨두어야 한다.

다시 한 번 물어볼까? 왜 숟가락과 빗이 옳고 그름을 가린다는 뜻을 갖게 되었을까? 무엇 때문에 숟가락과 빗이 시비를 가린다는 뜻이 되었을까?

여기 이미 옳다고 정해진 정설은 없다. 그러니 더 궁금할 것이다. 그럼, 여기서 실제로 머리를 쓰면서 궁리를 해보면 어떨까? 그래서 각자 몇 자씩이라도 써보라고 권하고 싶다.

한편 시是는 '날 일日' 밑에 '바를 정正'을 받쳐서 쓰기도 한다. 그렇다면 시是의 뜻은 무엇일까? 시是는 태양을 우러러서 한 점 부끄럼 없이 정당함을 의미한다.

죽는 날까지 하늘을 우러러

한 점 부끄럼이 없기를

잎새에 이는 바람에도

나는 괴로워했다.

별을 노래하는 마음으로

모든 죽어가는 것들을 사랑해야지.

그리고 나한테 주어진 길을

걸어가야겠다.

오늘밤에도 별이 바람에 스치운다.

-윤동주의 〈서시〉

누구의 시인지 물을 것도 없다. 너무나 뻔하니까. 너무나 잘 알려진 시니까. 그러니까 시是라는 글자는 "죽는 날까지 하늘을 우러러 한 점 부끄럼이 없기를" 기도했던 우리의 시인 윤동주가 평생 가슴에 새겼을 만한 글자이다.

그렇다면 비非는 어떨까? 하늘을 가리고 해를 가릴 만큼 부끄럽고 흉한 짓을 의미할 것은 말하지 않아도 뻔하다. 그런 고약한 짓을 스스로 뉘우치지 않는 '뻔뻔이'에게는 하늘이 벼락을 내릴 것이다. 비非는 사뭇 뻔뻔하고도 또 뻔뻔하다.

조선시대에 스스로 책임질 일이 아닌데도, 말하자면 모르고 저지른 실수인데도 자신을 책망한 나머지 평생 햇빛을 가리고 살다 간 시인이 있었다. 아마 누구나 그 시인이 누구인지를 알고 있을 것 같다.

그는 자기의 비非를 뉘우치고는 힘을 다해서 사람이 되자고 마음먹고 또 그 다짐을 실천한 사람이었다.

한편 시비를 더욱 강조해서 '시비곡직是非曲直'이라는 말을 쓰기도 한다. 곡직曲直은 휘고 뒤틀린 것과 곧고 바른 것이란 뜻을 가지고 있다. 그러니 당연히 틀린 것과 옳은 것이라는 뜻으로도 풀이된다. 시비에서 더 나아가 시비곡직을 가리는 일이야말로 논리적 글쓰기의 요체라는 사실을 다시 한 번 기억하자.

그런데 더운 여름날에 제비는 처마 끝에서 어떻게 울어댈까? "지지배배 지지배배…." 그렇게 운다. 그런데 한문을 잘 아는 사람의 귀에는 조금 다르게 들린다. 어떻게? 또 궁금하다. 우리의 공부는 점점 깊어가는데 궁금증이야말로 논리적 글쓰기의 알파란 사실을 놓치고 싶지 않다.

제비 울음소리는 "시시비비 시시비비…." 꼭 그렇게 들린다. 이런 말장난을 영어로는 '퍼닝punning'이라고 하는데 앞서 이야기한 시비 가리기의 시인 김삿갓은 퍼닝으로 하고많은 작품을 썼다.

그건 그렇고 이젠 우리 누구나 시시비비 우는 제비가 되어야 한다. "옳은 것은 옳고 그른 것은 그르다"라고 울어대는 제비는 모르긴 해도 대학 입시장에 가면 적어도 논리적 글 쓰기로는 사람에게 뒤지지 않을 것이다.

그런데 시비 가리기에 앞서는 조건이 하나 있다. 바로 궁금증이다.

"저게 뭘까?"

"왜 저럴까?"

"저러다가 어떻게 될까?"

"왜 제비의 울음소리가 시시비비로 들리게 되었을까?"

이 같은 궁금증이 있고서야 비로소 우리는 다음 단계로 시시비비를 가리게 될 것이다.

궁금증은 관심과 호기심과 물음, 이 세 가지가 합쳐진 것이기 마련이다. 관심을 쏟아야 호기심에 사로잡힐 것이고 그런 다음에야 비로소 물음을 던지거나 품게 될 것이다. 그렇게 해서 갖게 된 물음이 우리를 시시비비를 가리는 경지로 이끌어갈 것이다.

누구나 궁금증을 많이 또 자주 품고는 고개를 갸웃대고 생각을 짚어보면서 제비가 되면 어느새 '논리적 글 쓰기의 대가'가 되어 있을 것이다. 이것은 장담해도 좋다. 허풍이라 생각하지 말고 마음에 새겨두기 바란다.

이처럼 작은 일에도 궁금증을 품고 물음을 던지고 답을 찾으면서 시비곡직을 가리는 버릇을 몸에 또 가슴에 붙이지 않고는 논리적 글 쓰기는 가망이 없을 것이다.

아무튼 우리는 하루에도 몇 번씩 별별 것에 궁금증을 품게 되곤 한다. 그러고는 궁금증을 풀려 한다. 그런 궁금증을 존중하는 일에서부터 논리적 글 쓰기의 단초가 마련된다.

논리적 글 쓰기가 별 건가?

거듭거듭 강조하자. 궁금증은 논리적 글 쓰기의 시작, 곧 서두이다. 궁금증에 이은 시비 가리기는 논리적 글 쓰기의 본체이고 몸통이다.

늦은 봄 산이나 들에 나갔다고 하자. 천지가 모두 푸르다. 바야흐로 신동神童 모차르트Wolfgang Amadeus Mozart의 계절이다. 초록이 싱그럽고 거기 쏟아지는 햇살은 눈부시다. 마을 어귀나 길머리에는 이팝나무가 한층 더 아스라하게 솟아 있다. 마을 안 여기저기 담장을 덮고 있는 찔레가 짙푸르다.

그런데 이팝나무나 찔레나무나 하얀 꽃으로 뒤덮인 것은 마찬가지이다. 이팝나무는 그 머리에 흰 모자를 쓴 것 같고 찔레나무는 온몸에 흰 이불을 두르고 있는 것 같다. 여기서 궁금증이 꿈틀대기 시작한다.

"초록이 우거진 이 계절에 저 나무들에는 왜 굳이 흰 꽃이 저토록 자욱할까? 왜 다른 색깔이 아닐까?" 이렇게 논리적 글 쓰기는 시작한다.

또 있다. 들에 나가서 논둑을 걷는다 치자. 마른 논바닥에 보리가, 또 밀이 무성하게 자라 있다. 이삭이 송골송골 바람에 흔들리고 있다. 순간 온 대지에 초록의 파도가 인다.

싸락싸락! 싱그럽고 달콤한 그 소리! 온 대지에 순간 가락이 넘실댄다. 우리 몸에는 온통 짜릿하게 쾌감이 넘쳐난다.

음악이 파도친다. 마음도 설렌다. 그래서일까? 저절로 보리이삭들을 자세히 들여다보게 된다. 이삭마다 가시가 돋아 있다. 이삭 전체가 날카롭게 뭉친 바늘 같다.

왜 하필 바늘일까? 아니, 가시일까? 늦봄에 느끼는 또 다른 궁금증! 우리의 논리적 글 쓰기는 이렇게 첫 움이 튼다. 그러나 여기서 그치면 안 된다.

궁금증이 가득한 물음을 두고서 스스로 옳고 그름을 따지고 들어야 한다. 물음에 대한 답이 한 가지로 그치지 않고 두세 가지로 벌어질 때면 그 상호관계를 캐야 하고 어느 것이 보다 옳은가를 가려야 한다. 마음속에서 몇 개의 답끼리 시비가 붙는 셈이다.

이를테면 '자문자답自問自答'은 이런 것이다. 스스로 묻고 스스로 대답하는 것이 자문자답이지만 이것이야말로 논리적 글 쓰기의 바탕으로 길러야 할 '혼자서 하는 시비 가리기'이다.

"침이면 어떻고 가시이면 대수인가? 그까짓 것!"

"아니지, 아니지. 반드시 무슨 곡절이 있을 거야!"

"그럼, 쉽게 눈에 보이지 않는 대자연의 섭리가 저 바늘 끝에 묻어 있을 거야."

"원, 과장도 심하다. 보리이삭에 달랑대는 가시 바늘에 무슨 자연의 섭리는! 허풍 떨지 마!"

이렁저렁 생각이 옥신각신한다면 그것이 곧 시비 가리기이다. 답이 옳고 그르고는 다음 문제이다. 요는 그런 버릇을 평소부터 몸에 붙이고 마음에 깃들게 하는 일이다.

그런데 여러분이 단 한 번도 어떤 현상이나 사건에 궁금증을 느끼지 못했다면 그것은 정말 아쉬운 일이다. 논리적 글 쓰기의 좋은 기회를 짓이긴 것이나 다를 바가 없기 때문이다.

그런 궁금증을 묻고 스스로 이런저런 대답을 두고서 시비를 가리지 못해 보았다면 그것은 스스로 논리적 글 쓰기를 공부할 기회를 날려버린 것이나 다름없다.

자, 그러니 뻔하지 않은가! 이제부터라도 사소한 일, 매일 대하고 듣고 보는 것들에조차 궁금증을 품어야 한다. 그리고 시비를 가려야 한다. 무엇이든 따지고 캐고 다잡는 야무진 버릇으로 스스로를 담금질해야 한다.

혼자서 시비를 가리는 행위를 '내면적 시비 가리기'라 이름 붙이기로 하자. '내면적 시비', 그것은 '혼자 시비'이고 홀로 하는 시비곡직이다.

그런데 다들 내적인 시비 가리기는 몰라도 '외적인 시비 가리기'는 이미 여러 차례 경험해본 적이 있을 것이다. 앞서 이미 말한 대로 이것은 우리의 일상생활 속에서 생생히 약동하고 있는 논리적 글 쓰기이다.

"보리이삭의 침은 말이야, 해충을 막아내는 창 같은 거야!"
"말도 안 돼! 해충은 기다란 침의 몸통에는 얼마든지 달라붙을 수 있는걸!"
"몸통에 붙기 전에 침 끝에 찔릴 것이 뻔한데 말도 안 되는 소리하지 마!"
"그래 좋아. 식물학 책을 좀 읽어본 다음에 다시 진지하게 따지자고."

이렇듯이 아옹다옹하고 침을 튀기면서 서로 말로는 지지 않으려고 기를 쓰는 바로 그때 우리는 일종의 논리적 글 쓰기를 하는 셈이다.

우리의 바른 주장, 옳은 생각을 논리를 세우고 보기를 들고 증거를 대면서 당당히 내세우면 결과는 어떻게 될까? 마침내 친구의 입을 닫게 한, 그 통쾌한 경험으로 우리는 논리적 글 쓰기의 최고봉에 이미 여러 차례 올라서본 적이 있을 것이다.

자기 생각이 옳고 바르다는 것을 상대방이 받아들인 바로 그 순간 우리는 '입으로 논리적 글 쓰기'를 하고 있었던 셈이다. 그것이 '외적인 논리적 글 쓰기' 또는 '말다툼을 이용한 논리적 글 쓰기'의 진면목이 아니고 무엇이겠는가. 그러니 논리적 글 쓰기라고 기죽을 것은 없다.

"아, 논리적 글 쓰기! 그까짓 것, 나도 만만찮게 해보았다고!" 이렇게 큰소리치면서 가슴을 활짝 펴도 좋다.

논술과 논설

이미 앞에서 논리적 글 쓰기의 기본적인 내용은 살펴보았다. 여기서는 그것을 바탕으로 논리적 글 쓰기가 어떻게 이루어지는지를 생각해보려고 한다.

논리적 글 쓰기라는 말로 우리가 흔히 지칭하는 글은 논술이나 논설이다. 두 용어는 비슷하면서도 조금 다른 의미를 지니고 있지만 그 차이점을 정확히 아는 사람은 많지 않은 것 같다. 그래서 여기서는 우선 논술과 논설이 무엇인지를 캐물어야 할 것 같다. 그와 함께 논설보다는 좀 더 편하게 의견을 피력할 수 있는 논술이 어떤 언어 행위이고 어떤 글인가를 따져보고 싶다.

그리스 시대 이래로 전해진 수사학의 전통을 이어받은 영국이나 미국의 문장론에서 우리의 논설이나 논술과 가장 가까운 개념을 찾아내자면 이미 살펴보았듯이 아무래도 '아규먼트argument'가 될 것 같다.

그런데 이 아규먼트는 동사 '아규 argue'의 명사형이다. '토론하다', '논쟁하다' 등으로 번역되는 '아규'는 이런 뜻 말고도 '주장하다', '논의하다', '설득시키다', '입증해 보이다' 등등의 뜻을 더 가지고 있다.

두 사람이 말다툼을 벌일 때, 또는 시비가 붙었을 때 상대방의 주장을 꺾고 이쪽의 주장이나 생각이 옳음을 증명해 보이는 언어 활동이 곧 '아규'이다. 쉽게 말하면 누군가 다른 사람과 말싸움을 벌이고는 마침내 이겨내는 것이 '아규'라고 해도 좋을 것이다. "당신 말은 (또는 주장은) 틀렸소. 내 말이 옳소." 이렇게 주장하는 것이 곧 '아규'이다. 굳이 특정한 상대가 없는 경우라면 '다른 사람들의 생각이 어떻든 간에 이 문제에 관한 한, 내 생각이 받아들여져야 한다'라고 주장하는 것이 곧 '아규'이다.

다시 한 번 말하지만 우리말의 논술이나 논설은 이 '아규'의 명사형인 '아규먼트'와 거의 같은 뜻으로 쓰이고 있다. 요컨대 다른 사람의 주장, 세상에 흔히 통용되는 관념, 기왕의 의견이나 생각이나 판단 등의 잘못을 지적하고 더 나아가 자신의 의견이며 생각을 내보이되 그것이 정당하다는 사실을 입증해 보이는 것이 다름 아닌 논설이다. 논술도 이와 아주 멀지는 않다. 그런데 논설은 더러 다른 사람의 의견, 세상에 널리 통용되는 생각 등에 동조하면서 그 정당성을 주장하기도 한다.

이처럼 다른 사람의 주장이나 생각을 반박하고 자신의 생각과 주장 또는 판단이 보편타당하고 정당하다는 것을 입증하는 과정에서 논설은 두 가지 요소를 갖추어야 한다. 첫째는 합리적으로 논리를 펼쳐 나가야 한다. 다시 말해 논리가 반듯해야 한다. 둘째는 설득력을 갖추어야 한다. 상대방의 굴복이나 합의를 이끌어내는 힘이 논설에는 갖추어져 있어야 한다.

그래서 논설문은 다음의 세 가지 요소를 반드시 갖추고 있어야 한다.

(1)자신의 주장(명제)을 내보인다
(2)반박하고자 하는 다른 사람의 주장이나 생각이 잘못되었음을 지적한다
(3)자신의 명제가 옳음을 논리적으로 증명한다

논리적 글 쓰기의 4C

글 쓰는 사람의 주장, 생각, 판단, 의견 등이 정당하다는 사실을 입증해야 하는 논설문에는 네 가지 요소가 들어 있다. 바로 맥락 Context, 짜임새 Coherence, 이음새 Cohesion, 집중 Concentration이 그것이다.

우선 맥락은 다시 두 가지로 세분될 수 있다. 하나는 바깥 맥락이고 다른 하나는 내부 맥락이다. 글과 관계된 시대의 특색, 사회의 경향, 다른 사람의 의견, 그리고 무엇보다 읽을 사람들의 생각 등과 직접적으로든 간접적으로든 논설문은 관계를 짓고 있어야 한다. 그런 것을 전제하거나 염두에 두고 논설문을 써야 한다. 이렇게 글 외적인 것과의 연관성을 바깥 맥락, 외향적인 맥락, 외적인 맥락 등으로 부른다.

한편 논설문은 그 자체에도 맥락을 갖추고 있어야 한다. 어떤 문장 또는 어구는 그 앞뒤 문장 또는 어구와 유기적으로 연관되어 있어야 한다. 이것이 바로 '내부 맥락'으로 해당 문장은 이를 통해 의미가 밝혀지고 옳고 그름이 결정지어진다. 이들 두 가지 맥락 가운데 내부 맥락을 흔히 문맥이라고 부른다.

이런 문맥을 단락(문단)과 단락 상호간의 관계로서 파고들 때 문제되는 것이 바로 짜임새이다. 전체 글을 이루는 몇 개 단락의 긴밀한 상호관계를 짜임새라고 부른다. 요컨대 단락 또는 문단 간의 상호관계가 바로 짜임새인 것이다. 논설문의 짜임새는 보통 다음과 같이 전개된다.

(1) '왜 무엇 때문에 무엇을 말하고자 하는가?' 를 제시한다

(2) 관계된 다른 사람의 의견을 제시한다

(3) 그 의견이 왜 잘못되었는지를 구체적으로 지적한다

(4) 나의 반론을 펼친다

(5) 나의 주장을 제시한다

(6) 나의 주장이 옳다는 논거를 제시한다

(7) 마무리한다

논설문의 단락은 많든 적든 문장 sentence 들로 구성된다. 따라서 단락끼리의 상호관계가 있듯이 단락 안의 문장끼리도 상호관계가 있게 마련이다. 이런 문장과 문장의 상호관계를 이음새라고 부른다. 문장과 문장의 상호관계는 크게 보아 네 가지로 나눌 수 있다.

(1)발전

뒤의 문장이 앞의 문장을 받는 경우. '그러므로', '그러니', '그런
데' 등등의 접속부사로 앞뒤 문장이 이어진다.

(2)반전

뒤의 문장에 앞의 문장과 정반대되는 내용이 나오는 경우. 뒤의 문장
은 '그러나', '하지만' 등등의 접속부사로 시작되는 경우가 많다.

(3)보충

뒤의 문장이 앞의 문장에 담긴 주장이나 판단을 뒷받침해주는 경우.
아니면 뒤의 문장이 앞의 문장을 입증하는 사례를 담고 있는 경우.
뒤의 문장은 '왜냐하면', '그 까닭은', '그 뜻은', '예를 들면' 등등
의 접속어로 시작되는 경우가 많다.

(4)동격

앞의 문장과 뒤의 문장이 같은 뜻이나 주장을 담고 있는 경우. 뒤의
문장은 '바꾸어 말하면', '달리 말하면' 등등의 접속어로 시작되는
경우가 많다.

이런 네 가지 관계는 짜임새, 즉 단락과 단락 사이의 관계를 설
명할 때도 활용될 수 있을 것이다. 글의 짜임새는 집으로 치면, 그

것도 한옥으로 치면 주춧돌과 기둥과 대들보가 이루고 있는 구조, 곧 건물의 큰 테두리를 결정짓는 구조에 해당될 것이다. 이와는 달리 이음새는 도리와 들보, 마룻대와 들보, 서까래와 도리 등등 건물의 좀 더 작은 구조에 비유될 수 있다.

한 편의 글이 몇 개의 문단으로 이루어졌든, 또 몇 개의 문장으로 이루어졌든 그 요지는 하나의 주제문으로 요약될 수 있다. 이를 '대주제문'이라고 할 때 이 대주제문에 전체 글은 초점을 맞추고 있어야 한다. 각각의 문단, 각각의 문장은 반드시 이 대주제문을 떠받들고 뒷받침해야 한다. 이렇게 논설문의 각 부분(문장과 단락)이 하나의 대주제문을 떠받드는 것을 집중이라고 부른다.

논설문을 처음 써보는 사람이라도 여기 소개된 4C만 기억한다면 어렵지 않게 글을 풀어나갈 수 있을 것이다.

글의 전체 윤곽과
그 세부에 관한 설계 꾸미기

논증은 설명이나 서사 또는 묘사보다 읽기도, 쓰기도 훨씬 힘겹고 까다롭다. 마찬가지로 논설문 역시 어떤 대상을 풀이한 설명문, 사물의 인상을 적은 묘사문, 사건을 그린 서사문과는 비교도 안 되게 쓰기도 어렵고 읽기도 어렵다.

각급 학교의 국어 시험에서도 가장 읽기가 쉽지 않은 것이 논설문이다. 그런 점은 대학 입시를 위한 수능의 언어 영역에서도 마찬가지이다.

따라서 우리는 논리를 기반으로 한 논설문의 읽기와 쓰기에 남다른 관심을 가지고 특별한 노력을 기울여야 할 것이다. 그러기 위해서 마음 써야 할 점을 들면 대충 다음과 같다.

(1) 대주제문 정하기(잡아내기)

글을 쓰기 전에 글 전체를 지배하는 최종적인 주제를 미리 정해야 한

다. 마찬가지로 글을 읽기 전에도 글 전체를 지배하고 있는 주제를 잡
아내야 한다.

(2) 아웃라인outline 작성하기

글의 중요한 부분(단락)들을 엮어서 글의 전체 내용을 대강 정해야
한다. 아웃라인은 실제로는 전체 내용을 비교적 짧게 두서너 개의 문
장으로 적어놓은 것이다. 읽기나 쓰기, 어느 경우에나 이 아웃라인
은 글 읽는 사람이나 글 쓰는 사람이 직접 문장으로 작성하는 것이
바람직하다.

(3) 각 단락의 주제문 정하기

논설문을 쓰는 경우에는 글 전체를 구성하게 될 주요 단락마다 그 주
제문(소주제문)을 작성한다. 그러나 논설문을 읽는 경우라면 글 전체
를 구성하는 주요 단락의 주제문을 찾아내야 한다.

(4) 단락의 이음새 정하기

"논리적 글 쓰기의 4C"에서도 지적했듯이 한 편의 글을 이루고 있는
주요 단락들의 이음새가 파악되어야 한다. 쓰기의 경우에는 각 단락
의 주제문을 적되 그 주제문들이, 예컨대 '도입부-발전부-보충부-
반전부-결론부' 등 순서대로 이어졌는지를 글 쓰는 사람 자신이 미
리 파악하고 있어야 한다. 읽기의 경우에도 마찬가지로 앞서 소개한

“논리적 글 쓰기의 4C”를 참조하여 단락과 단락 사이의 관계를 잡아
내는 것이 좋을 것이다.

  그런데 이런 설계도는 사전에 미리 작성해두는 것이 바람직하
다. 그것이 논리적인 글을 쓰거나 읽을 때 버릇이 되어 있어야 한
다. 그러다 보면 학교에서 시험을 볼 때나 수능시험장에서도 머릿
속으로 이런 설계도를 작성할 수 있게 될 것이다.

대주제문과 소주제문의 자리

한 편의 글은 전체를 통틀어서 하나의 대주제문으로 통합되어 있어야 한다. 몇 개의 단락으로 글이 엮일 때 중요 단락, 곧 '주제 단락'을 중심으로 나머지 단락들이 짜여 있어야 한다. 한편으로는 한편의 글을 이루고 있는 몇 개의 단락은 단락대로 하나의 주제, 곧 '소주제'를 중심으로 통합되어 있어야 한다.

그렇다면 대주제문은 한 편의 글에서 어느 위치에, 소주제문은 하나의 단락에서 어느 위치에 자리를 잡는 것이 좋을까?

대주제문이나 소주제문이 글이나 단락의 어디에 위치하느냐에 따라 두괄식, 중괄식, 미괄식, 그리고 양괄식 등 네 가지로 나뉠 수 있다. 두괄식은 글 전체 또는 단락의 맨 앞, 중괄식은 그 중간, 미괄식은 맨 뒤, 그리고 양괄식은 맨 앞과 맨 뒤에 대주제문 또는 소주제문을 자리 잡게 하는 것이다. 가장 많이 쓰이는 것은 두괄식으로 중심이 되는 생각을 먼저 제시한 뒤 글을 전개하기 때문에 글이나 단락의 초점이 명확해지는 장점이 있다. 물론 이중 어느 것이 바람직한지를 결정짓는, 절대적인 기준은 원칙적으로 있을 수 없다. 글 쓰는 이가 그때그때 글을 쓰게 된 동기나 글의 흐름 등을 고려해서 결정지으면 된다. 그러나 글 쓰기에 그리 능숙하지 않은 사람이라면 대주제문을 늘 앞머리에 두고 글을 펼쳐나가는 두괄식이 글 읽는 사람을 설득하는 데 좀 더 용이할 것이다.

논리적 글 쓰기의 주의 사항

이미 몇 차례 지적된 바와 같이 논리적 글 쓰기는 결코 쉽지 않다. 그래서 논리적 글 쓰기에는 마음 써야 할 것들이 몇 가지 있다.

    (1)전체 글의 논리가 반듯할 것

    (2)글이 비판적이고 분석적일 것

    (3)주제나 주장이 뚜렷할 것

    (4)그러면서 주제나 주장은 합리적이고 타당성을 갖출 것

    (5)그 결과 독자들의 긍정이나 합의를 받아낼 것

논리적인 글이라면 이 다섯 가지 조건을 반드시 갖추고 있어야 한다. 또한 한 편의 글, 또는 각 문장은 되도록 짧고 명확해야 한다.

그와 함께 각종 접속어들, 예컨대 '그러니까', '그러므로', '그래서', '따라서', '그러나', '그런데도', '그럼에도 불구하고', '왜냐하

면', '바꾸어 말하면', '다시 말하면', '뿐만 아니라' 등등의 사용은 분명하고 적절해야 한다.

각 문장은 가능한 한 짧고 선명하게 쓰되 단락주제문(소주제문)과 대주제문은 다른 문장보다 길 수 있다. 아울러 소주제문과 대주제문은 최대한 강조하는 것이 바람직하다.

대주제문에 담길 전체 주제는 개성이 강한 동시에 다른 사람이 받아들일 수 있는 보편성도 갖추고 있어야 한다. 한 편의 글, 특히 논술과 논설이라면 결국 대주제문을 위해 그 글 전체가 존재하는 것이기 때문이다.

대주제문은 한 편의 글의 중심이고 핵이다. 그래서 논리적 글에서 대주제는 당당하고 명확하게 하나 혹은 두 개의 문장으로 강조되어야 한다.

V

마이스터를 꿈꾸는 사람들

샐러던트 시대의 공부

'샐러던트'의 탄생

이제 직장을 얻기 위해서만 공부하던 시절은 지나갔다. 학교를 졸업하고 직장인이 되기 위해서 공부하다가 직장에 들어가면 "공부는 끝! 책 읽기도 끝!"이라 외치던 그런 시대는 이미 지나간 과거일 뿐이다. 지난 이야기에 불과하다.

"직장도 학교이다!" "회사 일도 공부이다!"

이젠 이런 구호들이 직장 내에서 현실화되어버렸다. 그래서 새로 생겨난 말이 있다. 바로 '샐러던트'이다. 누구나 짐작할 테지만 이 신조어는 '샐러리맨salaryman'과 '스튜던트student'라는 두 영어 단어가 하나로 엮인 것이다. 월급쟁이와 학생이 합성된 것이니 우리말로 하면 '월급학생'쯤 되지 않을까 모르겠다. 다시 말해 '공부하는 직장인'이 바로 샐러던트인 셈이다.

그래서 대구에서 간행되는 2009년 12월 4일자 〈매일신문〉은 경제면에 커다란 활자로 이런 제목을 내걸게 된 것이다.

어느 직장이나 직종을 지칭하면서 '배워야 산다'며 '학습 열풍'이라는 구호를 내걸고 있다. 이 지경이면 직장이 곧 학교가 되기도 하는 셈이다. 이것은 직장 부속으로 만들어진 연구원이나 연구기관을 두고 하는 말이 아니다. 아예 직장 자체가 통째로 연구기관이 되고 공부하는 교실이 되는 것이다. 연구원이나 연구기관이 주관을 한다고 해도 그것은 연구원만의 일이 아니다. 직장 그 자체에서 연구원이 활동하고 제구실을 다하고 있는 것이다.

한국 섬유개발연구원이 IT 융합 직물 분해 설계 과정, 하이테크 패션 의류 소재 제조 기술 교육, 의료용 섬유 제조 기술 과정 등 세 개 과정에 걸쳐서 희망자를 모집해 교육을 실시하고 있다는 것이다. 그러자니 이 업계의 종사자들은 업무의 일환으로 교육을 받게 되는 것이다. 그 결과는 교육받은 사람을 통해서 다른 직원들에게도 옮겨질 테니까 교육 효과는 기업이나 공장 전체로 파급될 것이다.

그래서 결과적으로 전체 직원이 직무를 수행하는 동시에 교육까지 받고 있는 셈이 된다. 결국 전체 직원이 주어진 프로그램에 따라 연구도 하고 연찬研鑽도 하면서 여러 모로 부지런히 공부하게 되는 것이다. 그야말로 전 직원이 샐러던트가 될 수밖에 없다.

이런 경향은 결과적으로 '마이스터Meister' 양성에 기초가 된다.

마이스터는 독일어로 어느 직종에서 또는 업계에서 솜씨와 기술이 특히 뛰어난 인물을 의미하는데 우리말로 옮기면 '장인匠人'이 될 것이다. 아니, '공장工匠'이라고 하는 것이 더 적절할 것 같다. 내친 김에 '거장巨匠' 또는 '명장明匠'이라고 하면 더 좋을 것이다.

국내의 한 신문은 고도화되어가는 우리나라의 산업 역군으로서 당연히 마이스터가 양성되어야 함을 강조하면서 "마이스터가 미래이다"라는 구호를 내걸기도 했다. 그래서 실업계 고등학교가 마이스터를 길러내는 교육기관이 되기를 희망하는 동시에 각 직장이 마이스터 양성을 위한 교육기관을 겸하기를 바라는 것이다.

이런 일련의 움직임은 이제 직장도, 기업도 교육기관이 되어야 새로운 미래가 열릴 것이라는 생각을 하게 한다. 이제 바야흐로 직장은 일터이자 '공부터'이다. 일로만 먹고사는 것이 아니다. 공부로도 먹고사는 것이다.

공부는 때가 없다

공부라면 으레 학교를 떠올린다. 그리고 학생을 연상한다. 그것은 자연스러운 일이다. 지당한 일이다. 하지만 그것이 전부는 아니다. 학교는 공부를 위한 성전, 거룩한 궁전과도 같은 곳이다. 그러나 인생에는 사회든 가정이든 어디에나 공부를 위한 터전이 있다. 그러기에 인간은 살아 있는 동안 내내 학생일 수도 있다.

한편 "배움에는 때가 있다"라는 격언이 나돌기도 한다. 하지만 이 말을 잘 생각해보면 수업 시간만이, 숙제를 하는 오직 그 시간만이 때가 아니라 인생의 어느 때든 배우고 공부하는 시간이 될 수 있음을 깨닫게 된다.

이는 누구나 명심하는 것이 좋겠다. 인생의 어느 때나 인생의 어느 장소나 공부의 터전이라는 사실을. 태어나서 죽을 때까지 어느 시간이나 공부하는 때이다. 현재 살고 있는 그 어느 곳이든 공부하는 터전이다.

2009년 당시 일흔한 살이던 노인학 씨에게도 배움의 때가 따로 있었던 것이 아니다. 6.25전쟁의 소란 속에서 자그마치 5년에 걸쳐 겨우 중학교를 마친 노 씨는 어수선한 시대 상황에 밀려서 그만 고등학교에 진학하지 못했다.

그는 해병대에 자원입대했다. 병역을 마쳤을 때 마침 정부가 제대병들 가운데 지원자를 골라 경찰관으로 특별 채용했다. 그러나 고등학교 졸업장이 없던 노인학 씨는 경찰관 특별 채용에 도전하고도 무참히 실패하고 말았다. 그때부터 줄곧 고등학교를 다니지 못한 것이 한이 되고 콤플렉스가 되어서 그를 괴롭혔다. 특히나 "배움에는 때가 있다"는 그 한마디가 그의 가슴을 송곳처럼 후벼 팠다. 그는 그 말을 털어버리기 위해 안간힘을 썼다.

"공부에, 배움에 무슨 때가 있어? 나이가 무슨 상관이야? 언제든 마음이 내킬 때 하면 그만이지. 사시사철도 없고 밤낮도 없어. 나이가 무슨 상관이야!" 그는 마음속으로 이렇게 외쳐댔다.

그러나 생계를 위해 이것저것 장사도 하고 택시기사도 하며 빠듯하게 사느라 공부의 한을 풀 기회는 쉽게 오지 않았다. 그렇게 하루하루 억척같이 살며 돈을 모은 그는 가구점을 열게 되었다.

삶에 여유가 생기자 노인학 씨는 젊은 시절 펼치지 못했던 배움의 의지를 다시 불태우게 되었다. 그는 마침내 고등학교 졸업 검정고시를 치르기로 한 것이다. 그것이 2007년의 일이니까 그의 나이 예순아홉일 때이다. 그는 망설이지 않았다.

그는 노인학이라는 이름 그대로 '노인 학생'이 된 것이다. 학원으로서는 일찍이 볼 수 없었던, 초고령의 학생을 맞이하게 된 것이다.

예순아홉 살!

다른 사람 같으면 정년퇴직을 하거나 은퇴를 하고도 한참을 넘긴 나이다. 모든 일에서 손을 떼고 한가하게 여가를 누릴 나이다. 그런데도 그는 모든 통념을 깨고 고등학생이 된 셈이다.

사람들은 "그 나이에 무슨 부귀영화를 누리겠다고 일부러 생고생을 하느냐?"며 빈정댔지만 그는 그런 소리쯤은 귓전으로 흘려버렸다.

하지만 첫 수업을 받은 그는 눈앞이 캄캄했다. 중학교에서 배운 것은 새까맣게 까먹은 지가 너무 오래되었고 새로 배우는 것은 눈 설고 귀 설었다. 특히 수학과 영어는 뭐가 뭔지 도무지 알아들을 수가 없었다. 소경이 코끼리 배를 만지는 것이나 다를 바가 없었다. 무슨 공염불 소리를 듣는 것만 같았다. 머릿속에 들어오는 것은 하나도 없고 강사의 가르침은 그저 빈 소리에 불과했다.

그럴 수밖에! 중학교를 졸업하고 무려 50여 년, 반세기를 공부나 책과는 담을 쌓고 살았으니 말이다. 수학이라고는 수를 보태고 빼는 것이 고작이었다. 영어는 아예 a, b, c… 알파벳부터 다시 익혀야 했다. 농사로 치면 황무지를 가는 것이나 진배없었다.

문득 죄다 내던지고 싶어지기도 했다. "내가 노망이 든 것도 아니고 이게 무슨 짓이야?" 그는 그렇게 혼잣말을 수없이 되풀이했다. 그러나 학원 강사들이 후원자가 되어주었다.

"수업만 빠지지 마세요. 열심히 들으세요. 그러면 언젠가는 검정고시에 붙을 테니까요."

그들은 그렇게 그를 다독거려주었다. 노인 학생은 이를 악물었다. "내가 꺾이는가 봐라! 우선은 노력하는 거다. 고시에 붙고 안 붙고는 두고 보는 거다." 그렇게 스스로에게 다짐을 두면서 사기를 돋우고 투지를 불태웠다.

그러면서 이 노인 학생은 차츰 두각을 나타내기 시작했다. 성적이 갑자기 좋아지고 학습 능력이 홀연히 높아졌다는 뜻이 아니다. 그는 수업 시간에 질문을 가장 많이 하는 것으로 두각을 나타낸 것이다. 그는 모르는 것을 부끄러워하지 않았다. 모르는데도 그냥 넘어가는 것을 창피하게 여겼다.

수업 시간에만 그랬던 것은 아니다. 수업을 마친 다음에는 강사를 찾아가서 못다 물어본 질문을 했다. 그러나 이 악착같은 노인 학생을 강사들은 전혀 성가시게 여기지 않았다.

그는 수업 내용을 온전히 소화하기 위해 혼자서 동영상 강의를 틀어놓고 되풀이 또 되풀이해서 보고 듣곤 했다. 노인성 건망증으로 배운 것을 쉽게 잊어버리지 않기 위해 수업 내용을 그대로 공책에 적거나 따로 프린트해서 틈틈이 외웠다. 그것이 잘 안 되면 중학생인 손녀에게 도움을 구했다.

　몇 해 전 딸에게 가구점을 물려주고 소일 삼아 학원 버스를 운전하다 보니 집에서 혼자 공부할 시간을 내는 것이 만만치 않았다. 밤 10시가 넘어서 겨우 시간이 나면 그때부터 시간 가는 줄도 모르고 공부에 매달렸다. 그러고도 모자라는 것은 주말에 알뜰하게 채워나갔다. 차츰 학습 효과가 나타나기 시작했다.

　"공부는 머리로만 하는 것은 아니야. 온몸으로, 온 가슴으로 하는 거지!"

　그가 말한 '공부하는 가슴'이란 것은 억척같은 오기로 불타는 열정을 의미할 것이다. 그런데 이런 뜻을 품은 그의 가슴은 학원에서만 이글댄 것이 아니었다. 수업 시간에만 불타오른 것이 아니었다. 집이든 직장이든 어디나 배움의 터였다. 일하는 틈틈이 쉬는 시간, 잠자는 시간… 그 모든 시간이 모조리 '공부 시간'이었다. 그래서 장소고 시간이고 상관없이 그의 가슴은 공부를 향해 불타올랐던 것이다.

　물론 더러는 미적대는 경우가 전혀 없는 것이 아니었다. 그럴 때면 95세의 나이에 영어 공부를 시작했다는 노인의 수기를 떠올리며 기운을 차렸다.

　"그 노인장에 비하면 나는 청춘이야!" 그는 이렇게 기염을 토했다.

　이 억척같은 노인은 고교 졸업 검정고시를 일 년 6개월에 걸쳐서 준비한 끝에 마침내 고등학교 3년 과정을 모두 마칠 수 있었다.

그러고는 드디어 검정고시에도 당당히 합격할 수 있었다. 그때 그의 나이는 71세였다.

그런데 그의 공부는 여기서 멈추지 않았다. 그는 지금도 학원에 다니면서 영어 공부와 컴퓨터 공부를 계속하고 있다. 그의 공부는 이토록 줄기차다. 그는 지금 대학 진학을 목표로 삼고 있다. 그는 80세가 되기 전에 4년제 대학을 졸업하겠다는 계획을 세워놓고 밤낮으로 정진, 또 정진하고 있다.

나이 여든의 대학 졸업생! 그래서 그의 공부는 결코 저물지 않을 태양과도 같은 것이다.

학력 NO, 인력 YES!

샐러리맨이든 노인이든 누구에게나 '인력人歷'이란 것이 있기 마련이다. 이 세상에 그것이 없는 사람은 단 한 명도 없다. 아예 있을 수가 없다.

인력은 학력이란 말을 응용해서 필자가 만들어낸 말이다. 당연히 생소할 것이다. 하지만 이 말을 만들어낸 데는 그 나름의 사연이 있다.

학력은 누구나 알다시피 누군가가 학생으로 학교에 다니고 학교에서 교육받은 경력을 의미한다. 인력은 사람으로 살아가는 과정, 그 자체가 배움이란 생각을 바탕으로 다른 사람에게서 무엇인가를 익히고 배우며 쌓아간 경력을 의미한다.

인생이라는 학교에서 누구든 학생으로서 삶을 배우고 익힌 이력이 곧 인력이다. 그런 인력이 이야기될 수 있다면 인생이 곧 학교가 되고 배움터가 될 것이다. 흔히 쓰는 '인생 공부'라는 말은 이와 무관하지 않을 것이다.

그런데 산다는 것, 인생이란 것, 그것이 무엇이라고 말하기는 쉽지 않다. 누구나 알아듣고 받아들일 수 있게 말하기는 만만치 않다. 그것은 그만큼 인생 자체가 힘겹다는 의미이다. 또한 까다롭고 복잡하다는 의미이다. 그래서 결국은 "인생, 그것은 불가사의이다!" 또는 "인간의 삶, 그것은 수수께끼이다!"라고 할 수밖에 없는 것은 아닌지 모르겠다.

이렇게 성가시고 까탈진 가운데도, 아니 그렇기 때문에 인생은 노력이라고 할 수 있을 것 같다. 이것, 저것, 갖가지 일에서, 그리고 크고 작은, 하고많은 일에서 땀을 뻘뻘 흘리며 애쓰는 것, 그것이 바로 인생이라고 해도 괜찮지 않을까 싶다.

이렇듯이 노력이 인생이고 땀이 사람의 삶이라면 또 어떤 이야기를 할 수 있을까? 여러 가지가 있겠지만 인생은 공부라고 할 수 있을 것 같다. 그나마 다잡아서 야무지게 그렇게 말할 수 있을 것 같다.

그렇다. 인생은 공부이다. 학교에 들어가기 전, 아니면 교육기관과 관련되기 이전부터 이미 인생은 공부이다. 공부하기이다. 그런 뜻으로 인생 그 자체가 아예 인력이다. 인생을 사는 동안 사람은 누구나 다른 사람을 스승으로 삼고 사회를 교실로 삼게 된다. 그래서 산다는 것이 아예 에누리 없는 공부가 되어버린다.

가령 철이 아직 나지 않은 어린아이가 거리를 혼자서 걸어가고 있다고 치자. 횡단보도 앞에 어른들이 선 것을 보고 그도 따라서 설 것이다. 그러다가 이내 빨간 신호등이 꺼지고 파란 신호등이 켜지면서 어른들이 횡단보도를 건너가면 어린아이는 그 뒤를 따라 걸으면서 빨강 신호와 파랑 신호가 의미 있는 기호라는 사실을 알아차리게 될 것이다.

뿐만 아니다. 아주 영민한 아이라면 자신이 우측통행으로 길을 건너고 있음을 눈치챌 것이다. 동시에 이쪽으로 건너오는 사람들은 누구나 자신의 왼쪽으로 걷고 있음도 알아차릴 것이다.

그래서 빨강 신호와 파랑 신호의 의미를 알게 된 어린아이는 오고 가는 사람이 엇갈리는 길에서는 누구나 오른쪽으로 걸어야 한다는 사실까지 깨닫게 됨으로써 어렴풋하게라도 인간관계며 사회라는 것에 대해 배우게 된다. 그가 무심코 왼쪽으로 걷다가 맞은편에서 오는 사람과 부딪친다면 그의 깨달음은 더한층 절실할 것이다. 그럴 때 그와 맞닥뜨린 사람은 스승이 되는 것이다.

이 깨달음은 어린아이의 인생에서 두고두고 지켜지면서 생생한 한 가닥의 인력으로 엮이게 될 것이다.

미셀 위의 주경야독

몸 놀림과 머리 놀림이 하나가 될 수 있듯이 운동과 공부도 하나가 될 수 있을 것이다. 밭갈이라는 노동으로 바둑에 필요한 두뇌의 효율성을 높이듯이 체육이며 운동으로 공부에 대한 열정을 드높일 수도 있을 것이다. 그래서 신체 단련이 머리 단련에 이바지할 수도 있을 것이다.

이것은 생각이나 이론만으로 그치지 않는다. 이를 증명해주는 사례가 있기 때문이다.

…프로 골퍼 미셀 위가 공부하는 장소는 따로 정해져 있지 않다. 이동하는 자동차 안이나 비행기 또는 대회장의 숙소가 그의 공부방이다. 그는 장소를 가리지 않고 틈날 때마다 책을 펼쳐 든다. 미셀 위는 지난달 LPGA투어 로레나 오초아 인비테이셔널에서도 주경야독을 한 끝에 생애 첫 우승을 차지했다.

"호텔 소파에서 숙제를 하다가 대회에 나간 경우도 있어요. 이번 두바이 대회 때도 18시간 동안 비행기를 타고 가면서 리포트를 작성하는 한편 시험공부를 했지요."

미셸 위는 "골프와 학업을 병행하는 일이 쉽지는 않지만 반드시 스탠퍼드에서 학사 학위를 받고 말겠다"고 힘주어 말했다.

2009년 12월 16일자 〈중앙일보〉에 실린 기사의 일부이다. 신문의 한 면을 거의 절반가량 차지하고 있는 이 기사에는 다음과 같은 제목이 붙어 있다.

미셸 위, "운동을 하더라도 학업 게을리해선 안 돼… 반드시 학위 딸 것"
낮엔 골프 밤엔 공부—미셸 위의 집념

2009년에 스무 살이던 미셸 위의 별명은 '1,000만 달러의 소녀'이다. 골프 선수로서 그녀가 누리고 있는 지위가 그렇게 빛나고 있다는 뜻이다.

미국 서부의 대표적인 명문인 스탠퍼드 대학교에 재학 중인 그녀는 그야말로 '주경야독晝耕夜讀'하고 있다. 낮에는 밭갈이를 하고 밤에는 책을 읽는 것이 주경야독인데 그녀는 낮에는 프로 선수로서 자신의 전업專業이 된 골프 경기에 전념하고 밤에는 대학생답

게 학업에 전념하고 있기에 비유적으로 말해서 주경야독이라고
해도 무방한 것이다.

2007년 스탠퍼드에 입학한 미셸 위는 2009년 12월 12일에 끝난
유럽 여자투어 두바이 레이디스 마스터스에서 2위에 올랐는데 경
기가 진행 중인 1, 4라운드를 앞두고는 대학에서 전공 과목의 시
험을 치러야 했다. 그렇다고 미국에 있는 대학까지 간 것은 아니
다. 그녀는 1라운드 경기를 앞두고는 이메일로 시험문제를 받아
시험을 치렀다. 그래서 그녀는 다음과 같이 자신의 심경이며 각오
를 털어놓고 있다.

"운동을 하더라도 학업을 게을리해서는 안 된다고 생각한다. 고학년
이 될수록 공부할 게 많아져 골프를 병행한다는 게 쉬운 일이 아니지
만 낮에는 골프를 하고 밤에는 책을 읽으며 버티고 있다."

그런데 이 같은 결심과 각오 그리고 그 실천이 보람을 거두어서
그녀는 "가장 까다로운 통계학 시험에서 전체 문제 120개 가운데
113개를 맞혀서 A학점을 기대하고 있다"고 자랑하기도 했다. 뿐
만 아니라 전공인 커뮤니케이션 과목에서도 골프 경기 중간 중간
틈을 내고 밤에 잠을 설치면서 공부한 결과 역시 A학점을 기대하
고 있다고 기염을 토했다.

정말 예사로운 일이 아니다. 미국의 명문 대학에서 학업에 전

넘하고도 A학점을 딴다는 것은 무척 힘든 일이다. 그런데 그녀는 주경야독, 낮에는 운동하고 밤에는 공부해서 우수한 성적을 따내었다.

운동에 뛰어날수록 공부에도 뛰어나게!

그 같은 그녀의 신념은 우리들 누구나 공부에 열중하도록 채찍질해줄 것이다.

시력은 잃어도 학력은 드높아진 그녀

인생이란 워낙 장애물 경주 같은 것, 앞을 가로막는 장애를 뛰어넘으면서 누구나 삶을 이끌어나간다.

그런데 그런 장애물은 크게 보아서 두 가지가 있기 마련이다. 물론 인생이란 것이 워낙 복잡하고 다난한 것이다 보니 장애물인들 꼭 두 가지로 그치고 말지는 않는다. 하지만 여기서는 편의상 장애물을 두 가지로만 나누고자 한다.

첫째는 삶의 중도에 주어지는 장애물이다. 이것은 우리 각자가 살아가는 동안 살아가는 과정 자체에서 빚어지는 장애물이라고 해도 좋을 것 같다. 이 가운데는 우리 스스로 책임을 져야 할 것이 있는가 하면 전혀 그렇지 않은 것도 있다.

이와는 대조적으로 둘째는 운명, 환경 따위가 우리에게 덮어씌우는 장애물이다. 우리 각자가 도저히 그에 대한 책임을 질 수 없는 장애물이 여기 속한다. 가령 출생 시에 이미 몸이며 신경이며 정신의 부자유를 타고난 경우가 여기 속할 것이다.

그런데도 날 때부터 이미 주어진, 이른바 선천적 장애를 넘어서 계속 전진해나가는 귀한 인생이 있기 마련이다. 그들은 에누리 없는 장애물 경주자이다. 아니, 그냥 경주자가 아니다. 승리의 월계관을 쓴 경주자이다.

앞을 보지 못하는 김현아 씨가 미국의 유명 로스쿨에 합격했을 때 그녀의, 유달리 윤기 짙은 검은 머리 위에는 월계관이 눈부시게 빛나고 있었다. 그녀는 앞이 전혀 안 보이는 길을 걷고 또 걸어서 찬란한 최종 목적지에 안착한 것이다. 공부하는 학생으로서 스스로 정한 최고의 상아탑에 마침내 올라선 것이다.

2010년 1월 15일자 〈중앙일보〉에 따르면 눈이 보이지 않는 그녀는 2010년 현재 25세로 울산광역시의 한 아파트에 살고 있다고 한다.

막 백일을 맞은 젖먹이는 눈앞에서 어른들이 딸랑이를 흔들어도 다른 곳을 쳐다보았다고 한다. 그 눈에는 전혀 초점이 잡혀 있지 않았다. 병원에서는 아기가 '망막 색소 변성증'이라는 병을 앓고 있다고 진단했다. 그녀는 이내 온전히 시력을 잃고 말았다.

그녀는 맹학교에 입학해서 12년을 다녔다. 초·중·고등학교 과정을 마친 셈이었다. 그녀는 맹학교를 다니면서 죽자고 공부에 매달렸다. 어머니가 그녀를 거들었다. 참고서를 스캔해서 점자로 고쳐준 것은 어머니의 지극한 애정이요, 정성이었다. 뿐만 아니다.

어머니는 딸이 고3이 되자 문제집을 낱낱이 읽어주는 수고를 마다 하지 않았다. '딸의 눈이 되어주자'는 일념 하나로 어머니는 눈먼 딸의 공부를 도왔다.

그녀는 공부 외에는 하는 일이 없을 정도로 공부에 매달렸다. 눈이 보이는 학생들에게 뒤지지 않기 위한 그녀의 결의는, 또 각오는 불꽃이 되어 타올랐다. 점자를 짚는 그녀의 손끝은 집요하고도 날렵했다. 점자를 읽는, 그녀의 손가락 공부는 지칠 줄을 몰랐다.

대학을 마치고는 미국의 로스쿨에 입학하고자 했다. 국내의 4년제 대학을 전공 학점 4.0 만점으로 졸업한, 그 무서운 저력이 꿈을 키운 것이다. 단 한 과목의 C 학점을 빼고는 전체 과목에서 A를 받은 것이 그녀의 사기를 부채질했다. 국내 대학에 다니면서 미국 컬럼비아 대학교의 교환 학생으로 뽑혔을 당시 특수 교육학에서 4.5점 만점에 4.06점을 따낸 것도 그녀의 사기를 돋우어주었다.

어머니는 딸의 로스쿨 합격을 위해서 전력을 다했다. 800장이 넘는 법학 영어 사전을 스캐너로 스캔했다. 그리고 스캔한 사전을 모두 1600장의 파일로 만들었다. 그 결과 김현아 씨는 '시각장애인용 노트북'으로 일컬어지는 점자 정보 단말기를 통해서 사전 한 권을 통째로 학습할 수 있었다.

그리하여 국내에는 단 한 명뿐인 시각장애인 응시자인 그녀를 위해 미국에서 공수되어온 점자 시험지로 그녀의 앞길이 환히 틔게 된 것이다. 드디어 그녀는 미네소타 대학교의 로스쿨에 합격한 것이다.

눈으로 앞을 보지 못하기에 오히려 더한층 밝고 넓게 앞길을 열어나간 김현아 씨의 점자 공부. 책도, 글도 직접 읽지 못하고 오직 점자에 매달린, 그 공부의 보람은 우리 누구나의 환히 뜨인 눈을 부끄럽게 한다.

"꿈이여, 나를 이끌라!"

학생 저자의 책 600권! 한자리에 어린 학생들의 저서가 무려 600권이나 펼쳐져 있다니? 정말일까? 그 장소가 출판사나 서적상이 주최한 도서 박람회가 아니라면 더한층 어리벙벙해질 것이다. 도대체 무슨 일일까? 무슨 소리일까? 실제로 2009년 12월 9일 대구 학생 문화센터에서 열린 '책 축제'에서 이런 장면이 연출되었다.

대구시가 추진하는 '학생 저자 10만 명 프로젝트'의 일환으로 치러진 이 행사는 책을 위한 크고 의미 있는 잔치였다. 이것은 학생 한 명이 일 년에 책을 한 권씩 쓰는 운동, 이를테면 '1인 1책 쓰기 운동'을 다짐하는 모임으로 학생 각자를 '능동적, 적극적 공부하기'에 길들이기 위한 것이었다. 학교며 학원에서 시켜서 하는 공부가 공부의 전부가 아니라는 것이다. 아니, 그렇게 '시켜서 하는 공부'보다는 '스스로 알아서 하는 공부'에 더 치중하라는 것이다.

"내 공부는 내가 알아서 한다"는 외침에 겹쳐서 "내 공부는 내가 즐겨서 한다"는 다짐이 거기서 크게 메아리치고 있다.

2009년 12월 15일자 〈매일신문〉에 따르면 '10만 명의 저자' 중 한 명인 박정기 군(청구중학교 3학년)은 자신의 포부를 이렇게 털어놓았다고 한다.

그런가 하면 김민규(성지초등학교 6학년) 군은 "재능을 타고난, 이종격투기 선수가 시련을 극복하고 마침내 승리를 이끌어내는 이야기를 소설로 엮었다"면서 "아나운서가 되는 게 꿈인데 어떤 어려움이 생기더라도 주인공처럼 이겨내 반드시 꿈을 이룰 것입니다"라고 힘차게 꿈을 펼쳐놓았다.

이들 두 학생의 말에서 우리는 각자의 공부에 도움이 될, 어떤 생각을 갖게 될까? 첫 번째로는 각자가 미래에 거는 희망, 장차 자기 인생에 부치는 꿈을 공부에 앞세우라는 것이다. 그런 꿈이 지금의 공부를 위한 길동무가 되고 길라잡이가 될 것이라고 이들 두 학생은 말하고 있다. 기막힌 생각이다. "꿈이여, 나를 이끌라!"

두 번째로는 무슨 일이 있더라도 그 꿈을 실현시키기 위해서 최선을 다해 공부하라는 것이다. 공부는 다름 아니라 삶의 설계도이고 삶의 지침이라는 것을 그들 두 학생은 은근하게가 아니고 아주 뚜렷하게 내걸고 있다.

이런 두 학생의 주장을 뒷받침하듯이 '학생 저자 10만 명 프로젝트'에 참여한 임휘성 선생님(성지초등학교)은 "학생들에게 자서전을 쓰게 했는데 스스로 자신의 꿈을 찾고 자신의 과거와 미래를 살펴 자존감과 정체성을 확립하는 데 큰 효과가 있었다"고 말했다. 즉 스스로 알아서 하는, 자신을 위한 자신만의 공부, 그런 자율적인 공부야말로 인간을 키워나가는 데, 인생을 설계하고 그것을 실천하는 데 결정적으로 이바지하게 된다. 학생은 자율적인 공부로 스스로 자라고 스스로 삶의 길을 열어나가는 것이다.

모르긴 해도 이런 프로젝트가 따로 또 있을 것 같지는 않다. 오직 대구의 교육계만이 누리고 있는 지적인 향연임에 틀림없을 것 같다. 이 행사는 대구 교육계의 대단한 자랑거리가 아닐 수 없다.

〈매일신문〉의 보도에 따르면 대구시 교육과정정책과의 장학관은 "그동안의 독서 교육은 독자들의 읽기 교육에만 치우쳐 있었던 반면, 쓰기 교육은 책을 짓는 저자 교육에 중점을 두고 있다"라고 말한 데 이어서 "한 권의 책을 만드는 과정을 통해 자유로운 상상, 깊이 있는 공부와 연구를 할 수 있는 한편, 과거와 현재와 미래를 통찰하는 학생 개인의 독창적인 결론 등을 내릴 수 있어서 학생들의 자존감을 높이는 효과가 크다"고 말했다.

이 프로그램에 따라 학생 각자는 자신의 적성, 흥미, 진로 등과 관계있는 주제를 스스로 골라서 A4용지 30페이지 분량의 보고서를 책 형태로 만들어서 제출하게 된다. 그렇게 학생 개개인의 창의력과 사고력을 키워서 '신나는 공부', '하고 싶은 공부'에 열중하게 하는 것이 이 프로그램의 최종 목적이라고 〈매일신문〉은 보도하고 있다.

이 같은 '1인 1책 쓰기' 운동은 장차 대구 지역 초·중·고등학생 10만 명을 참여시킬 계획으로 진행되고 있는데, 2009년 한 해에만 무려 3,981명이나 되는 학생들이 당당히 저자의 반열에 들어섰다. 그 열기가 무섭다. 10만 명의 학생 저자라니! 온 대구가 글 쓰기, 책 짓기, 공부의 열정으로 달아오르고 있다.

A4용지로 30장이면 200자 원고지로 자그마치 120장을 훌쩍 넘어서는 양이다. 초등학생이 그 부피의 책을 써내려면 글 쓰는 일에 푹 빠져야 한다. 어쩌면 놀이에 빠져드는 것보다 더 깊고 뜨겁게 빠져들어야 할지 모른다. 그래서 '1인 1책 쓰기' 운동이 벌어지는 동안 온 대구의 학생들은 공부에 온전히 빠져들 것이다.

그렇다. 쓰기든 읽기든 공부는 일단 거기 깊이 빠져들어야만 제 보람을 거둔다. 나머지 일은 다 잊은 듯이, 밥을 먹고 친구들과 노는 것조차 죄다 까먹은 듯이 흠씬 또 흠뻑 빠져들어야 한다. 빠져들기, 그것은 열중하기이다. 오직 공부 그 하나에만 마음이 뜨겁게 쏠리는 것이다.

우리가 책을 읽고 있다는 것, 혹은 글을 쓰고 있다는 것조차 까맣게 잊어버리고 공부에 넋을 파는 것, 그것이 빠져들기이다. 그렇게 무엇인가에 빠져드는 것을 흔히 '망아지경忘我之境'이라고 부른다. 내가 나의 존재조차 잊어버리고 책을 읽고 글을 쓸 때 우리는 비로소 제대로 공부하는 사람이 된다. 그래서 빠져들기는 도취가 된다. 아름다운 꽃향기에 취한 것과 같아지는 것이다.

황홀한 자연 경치에 넋이 나가듯이 우리는 책 읽기에, 그리고 글쓰기에 몰입해야 한다. 묻히듯이 깊이 잠기고 또 빠져들어야 한다. 그래서 우리는 공부를 통해서 성취한 사람, 그 뜻을 이룩한 사람이 될 것이다.

흔히 젊은이가 사랑에 빠진다고들 한다. 그것은 젊음의 젊음다운 기상이다. 그렇게 젊은이가 사랑에 빠져서 젊음의 절정, 젊음의 맨 꼭대기에 오르듯이 학생은 공부에 빠져서 학생다움의 절정에 올라선다.

조식의 공부법,
물 대접을 한 손에 들다

닭 울음소리를 듣고 새벽에 일어나 의관을 갖추고 띠를 매고는 자리를 바로 하여 꼿꼿이 앉아서 어깨와 등을 빳빳이 펴니 바라보면 그림이나 조각상 같았다.

이것은 남명 조식이 첫새벽에 일어나서 서가에 얹힌 책을 대하고 앉은 자세가 어떠했던가를 일러주고 있다. 그야말로 조선시대의 대표적인 선비다운, 단정하고 또 단아한 몸가짐이다.

누가 지켜보고 있는 것도 아니다. 그런데도 반듯하게 귀한 손님을 대하듯이 곧추 앉아서는 책과 대면하고 있다. 책을 읽으면서 공부하는데도 몸가짐이 그토록 엄숙했던 것이다.

특별히 수련하고자 해서 그러는 것은 아니다. 각별하게 단련하거나 수양하고자 해서 그러는 것도 아니다. 그저 책을 읽으면서 공부하는 것인데도 그 자세가 엄숙하고 또 엄정했다. 이런 공부의 몸가짐은 지금 우리로서는 엄두도 못 낼 일이다.

　남명의 책을 대하는 몸가짐, 공부하는 자세는 스스로를 다그치고 또 다그치는 자세이다. 그러자니 책이 드높이 받들어서 모셔야 할 존자尊者, 이를테면 귀하디귀한 어른 대접을 받고 있다. 오늘날의 우리가 책을 이렇게 대할 수 있을까? 이른바 '전자 책'을 이같이 모실 수가 있을까? 절대 그러지 못할 것 같다. 그렇게 할 것 같지도 않다.

　'꼿꼿한 자세, 뻣뻣한 어깨와 등', 그것은 수도하는 자세이다. 도를 닦는 사람의 몸가짐이다. 그래서 오늘날의 우리는 조선시대의 허다한 선비들이 남명을 칼에 견준 것을 이해하게 된다.

남명의 소학小學 공부는 준엄하기로 정평이 나 있다. 앞에서 말했듯이 흡사 건곤일척乾坤一擲의 결전을 앞둔 전투 전야 같다.
평생 칼과 소리 나는 방울을 차고 다닌 것도 그 긴장과 경계를 늦추지 않기 위한 것이라고 생각한다. 물 대접을 손으로 받친 채 온밤을 지새웠다는 기록도 있다. 제자인 내암來庵 정인홍이 턱밑에 칼을 꽂아놓고 수련한 것도 스승인 남명의 기풍을 그대로 이어받은 것이다.
　-한형조의 《조선 유학의 거장들》 중 '남명, 칼을 찬 유학자'에서

　이 글에서 남명이 물 대접을 손으로 받친 채 온밤을 지새웠다는 것은 무슨 소리일까? 꼬박 밤을 새워서 졸지 않고 바르게 앉아 있

기 위해서 그랬던 것 같다. 그런데 그렇게 물 대접을 든 것은 책 읽기를 제대로 온전하게 하고자 한 것이라 여겨진다.

남명의 제자인 정인홍은 턱밑에 칼을 꽂아놓고 책을 읽었다고 하니 스승보다 한 수 더 뜬 셈이다. 그런데 턱밑에 칼을 꽂았다는 것은 무슨 소리일까? 정인홍은 책을 읽다가 꾸벅 하고 졸면 턱에 상처가 나서 피가 흐르도록 뾰족한 칼끝이 턱밑을 향하도록 칼을 거꾸로 세워놓았다는 뜻이다.

이 대목에서 비슷한 이야기가 이웃 나라에 전해져오는 것이 생각난다. 일본 중세기의 어느 학자가 밤마다 책을 읽을 때면 코앞에 칼을 매달아놓곤 했다고 한다. 책을 읽다가 조금이라도 졸면 바로 코앞에 걸려 있는, 그 시퍼런 칼날에 난도질당해도 마땅하다고 그는 각오한 것이다.

물 대접을 손으로 받들고 책을 읽는 남명!

칼날을 턱밑에 받쳐놓고 공부하는 정인홍!

공부가 부담스러워지고 책 읽기가 지겨워질 적마다 우리는 이두 장면을 떠올려야 할 것이다. 그것이 바로 밤에 공부하는 사람의 자세가 되어야 할 것이다. 실제로 그 흉내를 내지는 못해도 마음속으로나마 그 장면을 그려보면서 마음가짐을 다져야 할 것이다.

앞에 인용된 글에서 남명이 책을 읽으며 공부를 할 때 그것은 '건곤일척의 결전'에 임하는 것과 같다고 했는데 이는 하늘이냐 땅이냐를 단번에 결판낸다는 뜻이거니와 좀 더 풀이하면 죽느냐

사느냐, 얻느냐 잃느냐, 지느냐 이기느냐를 단숨에 결판낸다는
뜻이 된다.

그러니까 '건곤일척의 결전'이라고 하면 승리하느냐 패배하느
냐를 단판에 결정짓는 전쟁이란 뜻이다. 남명은 책을 읽을 때, 공
부를 할 때 그런 무시무시한 전쟁을 치르는 장수의 마음가짐, 또
몸가짐을 지녔다는 것이다.

밤에 공부를 하다가 조는 것은 극히 자연스럽다. 하지만 깜빡
졸다가 깨는 것은 몰라도 영영 잠에 곯아떨어지고 마는 것은 문제
이다.

늦은 밤 책을 읽다가, 또는 공부를 하다가 졸음에 시달리면 물
대접을 한 손에 들고 책을 읽는 남명, 칼날을 턱밑에 받쳐놓고 책
을 읽는 정인홍, 이 두 옛 선비의 모습을 떠올리면 잠이 달아날 것
이다.

정약용의 공부법,
역경을 기회로 삼다

역경을 공부의 터전으로 삼은 선비, 그가 다름 아닌 다산 정약용이다. 다산이라는 '고주孤舟', 곧 '외로운 배'는 역풍을 맞으면서도 끝내 한바다를 순항順航해냈다. 고요한 호수를 가듯이 나아간 것이다.

필자는 30년 전쯤 전남 강진의 '다산 초당'을 찾아간 적이 있다. 다산이 유배 생활을 보낸, 작은 집을 찾아갔다기보다는 찾아뵙고자 한 것이다. 그것은 내게 순례 같은 것이기도 했다.

강과 바다가 멀리 내려다보이는, 그다지 높지 않은 산언덕에 단칸방의 초당이 웅숭크리고 있었다. 주위에는 아무것도 없었다. 단출하고도 고적하기 이를 데 없었다. 거기서 다산은 자그마치 18년 가까운 세월을 귀양살이로 보냈다. 하지만 바로 그렇기 때문에 근 500권의 책을, 지금의 책으로 쳐도 50권은 족히 넘을 책을 지어낼 수 있었던 것이다.

거기 생각이 미치자 초당 앞에 조아린 내 고개가 좀체 들리지 않았다. 수난과 궁핍과 고독이 오히려 학문을 풍요롭게 한 것을 생각하니 눈시울이 절로 뜨거워졌다.

한참 그렇게 고개를 숙이고 있다가 겨우 물러선 나는 마침 앞뜰에 우거진 차나무 잎을 땄다. 손바닥으로 찻잎을 살짝살짝 비비면서 우물가로 갔다. 작은 바가지에 물을 뜨고는 찻잎을 담갔다. 그러고는 살금살금 몇 번 흔들어서 살그머니 들이켰다.

제법 쌉쌀한 그 맛과 향에 취했다. 그러면서 나는 속으로 다짐했다. 나도 다산 초당의 주인어른을 흉내라도 내보자고. 언젠가 나이가 더 들면 세상을 모두 등지고 고향 땅, 시골 외진 곳에 나의 초당을 짓고는 되든 안 되든 책을 읽고 글을 쓰는 생활을 어설프게라도 해보자고, 다산도 마셨을지 모를 그 차 맛에 걸고 다짐했다. 그 당돌한 소원을 얼마쯤은 이루고 보니 다산 초당이 새삼 그리워진다.

다산은 이 초당에서 혼자 생활하면서 책 읽기와 글 쓰기에 전념했다. 뜰 앞에 우거진 풀이며 나무를 벗 삼은 정서, 그리고 주위의 숲을 마음의 울로 삼은 그 정신으로 오직 학문에, 그리고 공부에 골몰했다. 오직 공부만이 삶의 전부였다. 학문하기가 곧 살기였다.

이 고결한 선비는 청명한 가을 하늘에 눈부신 흰 구름이 떠가듯이 유유자적했다. 외딴곳에 한 몸을 맡긴 것이 자유가 되고, 아무도 없는 고독으로는 스스로 마음먹은 일에 열중할 수 있었다. 궁핍은 성가시지 않아 좋았다. 다른 사람 같으면 한사코 도망가려 했을, 그 모든 상황이, 그리고 조건이 오히려 그로 하여금 오로지 학문에, 또 공부에 온 마음과 몸을 바치게 했다.

그가 단정히 서가 앞에 앉았을 때 그것은 무슨 신앙 고백처럼 경건했다. 책장을 넘기는 그의 손길에는 자신의 영혼을 다독대는 기척이 잔잔히 설레고 있었다.

책을 읽다 말고 글을 쓸 때, 책을 저술할 때 그 붓의 움직임은 정갈하다가도 더러는 육중했다. 날렵할 때도 있었으니 그럴 때면 그의 얼굴에는 슬며시 미소가 번지기도 했을 것이다. 흰 종이에 적히는 한 자 한 자는 무슨 보석알 같았다. 그렇게 그는 쓰기와 짓기에 열중했다. 그의 공부는, 그의 학문은 수련이고 정진이었다. 고상한 선비의 도 닦기, 바로 그것이었다. 그의 공부와 학문은 수도修道였다.

다산은 정조 사후에 무서운 당쟁에 휘말린다. 그는 정적들에 의해서 죽음의 위기를 맞게 된다. 그러나 불행 중 요행으로 겨우 목숨을 건지고는 귀양을 가게 된다. 포항에 잠시 머물렀다가 강진으로 옮겨진 다산은 어느 술집에서 곁방살이를 하다시피 하다가는 비로소 초당으로 옮겨서 살게 된다.

그러고는 다른 사람 같으면 함몰하게 될, 그 절망과 좌절의 늪에서 오히려 학문의 길에 열정을 바치게 된다. 그러면서 한 시대의 시련과 고통을 학문적으로 승화시켜 나갔다. 그러기에 그의 학문은, 그의 공부는 시대의 아픔과 고난을 다스리고 극복하기 위한 길

을 소홀히 하지 않았다. 그렇게 그는 스스로 시대적인 사명감을 힘
겹게 짐 지고 나섰다. 스스로 구세주가 되기를 바라는 마음으로 그
는 학문에 몸을 바치고 공부에 전념했다.

그가 일찍이 벼슬길에 올랐을 때 주변에서는 장차 그가 영상이
되고 재상이 될, 큰 인물이라고 평가하고 또 그렇게 기대했었다.
하지만 벼슬에서 밀려난 그는 귀양살이를 하면서 한 시대의 정신
적인 재상이 되고 영상이 될 수 있었다. 그것이야말로 그의 학문
그리고 공부의 보람이었다.

VI

호모 핑거, 정보를 터치하는 인간

21세기 공부를 말하다

호모 인포메이션,
정보통이 으뜸인 세상

바야흐로 세상은 정보화 시대를 겪고 있다. 지금 우리는 '정보화 세기'를 살고 있다. 거리에는 정보가 오가고 있다. 사회에는 정보가 넘쳐나고 있다. 가정도 이젠 '홈home, 홈home, 스위트 홈sweet home'이 아니라 '인포메이션 홈information home'이다. 안방의 컴퓨터 앞에 앉자마자 스위트 홈은 온데간데없고 '클릭 홈click home'이 되고 만다.

이젠 지식, 학식, 교양은 물론이고 기술, 통신 등 요긴한 인간의 지적 자산이 깡그리 정보이다. 오락이니 취미도 정보이기는 마찬가지이다. 산업을 쥐고 흔드는 것도 정보이니까 상술商術이니 교역이니 하는 것도 역시 정보이다. 상품이나 소모품으로는 정보가 농산물은 말할 것도 없고 온갖 공산품을 압도하고 있다.

상품으로도, 물자로도, 자원으로도 정보는 단연 앞서 있다. 정보는 물품이나 서비스나 에너지 등을 앞질러서 사회의 동력이 되고 자원이 되고 있다. 사회가 운영되는 원리이며 국가가 관리되는 원리로서도 정보는 단연 우세한 자리와 기능을 차지하고 있다.

지금 우리가 살고 있는 사회는 에누리 없이 '정보화 사회'이다. 그리고 인간은 거의가 정보원이다. 이제 인간은 정보로 돈을 벌고 정보로 먹고 정보를 주고받으면서 살아가고 있다. 국가의 정책도 기관들의 대책도 다를 바 없다. 한 나라의 국방력이며 군사력도 정보이다. 넓은 뜻으로 사회란 것도, 인간관계라는 것도 결국은 정보의 그물, 이를테면 정보망에 불과하게 되었다. '온라인'이며 '인터넷'이 바로 사회이다.

그러자니 인간 그 자체가 아예 '정보인'이 되고 말았다. '호모 인포메이션Homo information', 그것이 바로 사람이다. 인류이고 인종이다.

"나는 정보를 처리하면서 살아간다. 고로 나는 정보인이다." 이런 주장이 이제 새삼스러울 것도 없다. 아니, 한걸음 더 나아가서 "나는 정보를 관리하고 운용한다. 그래서 나는 인간이다"라고 우겨도 지나칠 것이 없다. 오늘날 인간은 거의 누구나 정보통이다.

앞서 말했듯이 이제 정보는 지식이며 교양을 대신하고 있다. 정보란 말은 무엇인가를 알리는 것, 알게 하는 것 등을 의미한다. 하지만 이젠 그런 기왕의 의미는 차라리 뒤로 물러서고 말았다. 이제는 컴퓨터에서 또 인터넷에서 찾아내거나 얻어내는 자료라면 무엇이든 정보라고 부른다. 물론 각종 모바일들, 이를테면 스마트폰에도 정보는 넘쳐나고 있다. 인간만이 아니다. 세계가 아예 '정보 세계'이다.

이미 말한 바와 같이 이제 우리는 정보화 사회를 살아가고 있다. 거기 삶의 이치가 있고 원리가 있다. 인생의 가장 큰 지침이자 교양이자 자산은 다름 아닌 정보이다.

그러니 오늘날 학교 교육으로서는 물론이고 인생을 살아가는 계책으로서도 정보에 관한 공부는 절대적인 비중을 차지할 수밖에 없다. 또 그래야 한다. 그것이 크고 강하게 요구되고 있다. 그 수요는 사회적으로 가장 규모가 크다.

컴퓨터며 스마트폰에서 정보를 얻어내는 일, 그것을 읽고 처리하는 일, 또 그것을 활용하는 일 등에 관한 공부는 오늘날 사회적인 교육의 기초 과목이 되었다. 인생을 살고 직업을 지켜나가기 위한 교양 필수 과목 말이다. 더러는 전공 필수 과목의 경지에 올라서기도 할 것이다.

정보 없는 공부는 이제 생각도 못할 일이 되었다. 컴퓨터를 비롯해서 각종 모바일들, 스마트폰들을 통해서 정보통이 되는 것, 그럴 수 있게 공부하는 것, 그것은 오늘날의 교육 지침이다. 더 나아가 인생 철학의 제1조다. 황금률이다.

정보는 무엇일까? 무엇이든 알고 알리는 것, 그것들은 에누리 없이 모두 정보이다. 인간의 앎 자체가 이젠 정보이다. 인간으로 산다는 것은 정보를 얻고 보내는 것이다. 인간 사회는 결국 정보망이다.

　오늘날의 학습도, 공부도 당연히 정보와 맞물려 있다. 모든 지식이며 학식이 그리고 교양이 다름 아닌 정보이다. 그렇게 우리의 공부에서 정보는 절대적인 존재가 되었다. 정보를 얻고 관리해서 활용하는 일, 정보를 보내고 처리하는 일, 그것이 누구에게나 교양 필수 과목이고 전공 필수 과목이다. 학교만이 아니다. 가정에서도, 직장에서도, 또 사회에서도 그래야 한다.

공부도 이젠 모바일

'호모 파베르', 이를테면 손으로 뭔가를 만들고 놀리는 것을 본성으로 하는 인간이란 뜻의 그 호모 파베르는 이제 '호모 클릭 Homoclick'으로서 그 진면목을 나타내고 있다.

그런데 컴퓨터라면 '클릭'이지만 스마트폰이면 '터치'이다. 손가락 끝으로 살짝 누르거나 찍는 것으로 이제 우리는 읽고 쓰고 알리고 아는 경지에 다다랐다. 그와 더불어 책이 점점 멀어져가고 있다. 이제 읽기는 책장을 넘기는 게 아니다. 클릭하거나 터치하면 그만이다.

그렇게 세상이 달라져가고 있다. 자고 나면 이미 세상은 달라져 있다. 그 주종 세력이 다름 아닌 IT이다. 모바일이다.

모바일은 영어의 'mobile'에서 비롯되었다. 이 낱말은 누구나 알고 있다시피 무엇이든 얼핏얼핏, 째깍째깍 날렵하게 움직이는 것을 의미한다. 그것은 순발력이고 기동력이다. 초고속으로 이동하고 옮겨다니는 동력이다. 머리 회전이 빨라도 모바일이고 동작이 날쌔도 모바일이다. 먹이를 향해서 내리꽂히는 수리의 날갯짓이 모바일이고 날다람쥐가 모바일이다.

컴퓨터는 클릭 한 번에 눈 깜짝할 새에 정보를 대량으로 쏟아낸다. 스마트폰은 그 좁다란 직사각형의 화면 안에 정보며 동영상을 홍수처럼 쏟아 붓는다.

그런데 모바일에는 정보 이동의 신속성 말고도 각종 전자 정보 기기의 쉬운 이동, 간편한 이동이란 의미와 기능도 담겨 있다. 아이폰이며 안드로이드폰 등 각종 스마트폰은 별 수 없이 '포터블 portable'이다. 포터블은 간편하게 또 손쉽게 들고 다니거나 옮겨 다닐 수 있는 것을 의미한다.

이제 바야흐로 여의봉을 손에 쥔 손오공처럼 모바일 시대답게 우리 각자는 이렇게 말할 수 있을 것이다. "이제 모든 것, 온갖 것은 바로 내 손 안에 있소!"

손쉬운 이동의 포터블. 그래서 오늘날 휴대폰을 두고 모바일을 이야기하게 된다. 모바일 덕택에 이제 우리 각자의 손아귀는 도서관이고 박물관이고 지식의 창고이고 정보의 창고이다.

정보의 이동, 전달, 수신이 신속하되, 그리고 정보망 엮기가 재빠르되 그것이 모두 단말기를 손아귀에 휴대한 채로 가능하다는 것, 그것이 바로 모바일의 정체이다.

15세기의 르네상스는 새삼스레 인간을 인간에 눈뜨게 했다. 인간이 세상의 주체이고 세상은 인간에 의해서 경영되기 시작했다.

인간이 세계의 중심에 자리 잡게 되었다. 그래서 르네상스는 휴머니즘의 모태이기도 했다. 그런데 그런 속에서 책이 커다란 역할을 계속해왔다. 오죽하면 '구텐베르크 혁명'이라는 말을 문화사에서 쓰고 있겠는가!

하지만 오늘날 책은 비실비실 뒤로 물러나고 있다. 모바일의 정보가 책이 차지했던 자리와 역할을 맡아가고 있다. 이것은 21세기의 또 다른 르네상스이다.

그러니 이제 공부도, 학습도, 면학도 모두 모바일화되어가고 있다. 단숨에 손바닥에 쥐어진 휴대폰으로 공부가 가능해지고 있다.

스마트폰을 잡은 손이 학교이고 교실일 수도 있을 것이다. 교사도 거기 있을지 모른다. 그러니 공부의 속도도 당연히 과속하게 되어 있다. 속도위반을 하게 될 여지도 아주 없지는 않다. 공부마저도 눈치 빠르게, 약삭빠르게 진행될 여지도 있다.

책을 읽듯이 정보를 읽는 것은 이제 그야말로 '꽁생원 노릇'이 되고 말지도 모른다. 전자 책은 한 권 두 권 헤아릴 것이 못 된다. 단숨에, 한눈에 주르륵 펼쳐지는 것이 전자 책이다. 페이지의 제약도, 권수의 한계도 있을 수가 없다. 클릭하고 누르는 대로 무한으로 펼쳐지는 것이 전자 책의 강점이다.

그러다 보니 전자 책의 빠른 기동력을 우리 눈이며 머리가 미처 못 따라갈 수도 있을 것이다. 책장은 한 페이지 한 페이지 차곡차곡 넘기게 되어 있고 페이지에 박혀서 꼼짝 않는 활자들은 우리의 눈을 질기게 사로잡는다.

그러다 보면 숙제를 기한 내에 끝내야 한다든가 하는 경우가 아니고는 읽기도 절로 차분해지고 고요해질 것이다. 머리와 눈결이 집중하게 될 것이다.

하지만 전자 정보나 전자 책은 꼭 그렇지는 않을 것이다. 급행열차를 달리듯이 이동할 것이다. 책으로 치면 순식간에 몇 페이지가 무사 통과할 수도 있을 것이다. 우리는 컴퓨터나 휴대폰을 그렇게 속독하는 버릇이 붙어가고 있다. 그냥 후다닥! 후딱! 하는 버릇이 들어 있다. 심하면 날치기가 되는 경우인들 아주 없으라는 법도 없다.

이렇게 되면 공부가 졸속이 된다. 빠르고 날쌔되 맺힌 데가 없고 다부진 데가 없기 쉽다. 끈질기게 따지고 캐고 하는 일이 소홀해지기 쉬울 것이다.

공부는 언제 어디서나 속도와 기동성에 치우쳐서는 안 된다. 그런 뜻으로 모바일에 치우쳐서는 안 된다. 은근과 느긋함이며, 끈기와 줄기참이 공부에는 필수적이다. '스터디study'는 '스테디steady'해야 한다. 흔들림 없이 침착해야 하고, 서두름 없이 착실해야 한다. 모바일 시대일수록 이 점을 명심해야 할 것이다. 모바일이 아니라 요지부동 태산 같아야 한다.

스마트폰 시대의 공부

20, 21… 하는 식으로 세기의 숫자가 늘어갈수록 시대의 변화는 빨라지고 또 더해가기 마련이다. 세기의 숫자가 증가하면 증가할수록 시대 변화의 템포와 정도는 다양해지고 급해진다. 무엇보다 오늘의 21세기가 그 사실을 보여주고 있다.

21세기는 급변의 시기로 그야말로 '에폭 메이킹epoch making'하다. 새로운 세기가 열리고 있다. 문화, 산업, 사회 전반에 걸쳐서 자고 나면 달라지고 또 달라지는 판국이다.

가령 지금 당장 이른바 고급문화는 기진맥진하고 있다. 문학에서, 미술에서, 음악에서 또는 예능에서 한결같이 고급문화는 기세가 급격하게 꺾이고 있다. 그러다 보니 문화는 거의 대중문화 일색이다시피 하다. 이른바 '팝아트Pop Art'가 문화계를 휩쓸다시피 하고 있다.

오늘날 이와 같은 문화 대중화를 앞장서서 이끌고 있는 것은 예능만이 아니다. 오히려 이들을 앞질러서 내달리고 있는 것은 따로 있다. 바로 그것이 IT이고 모바일이고 또한 스마트폰이다.

2009년 12월 어느 직장인은 애플 스마트폰인 아이폰의 한 달치 사용료를 놀랍도록 많이 물었다. 자그마치 53만 원을 훌쩍 넘는 액수였다. 그가 챙기는 월급의 6분의 1은 됨 직한, 그 청구액에 그는 기겁을 했다.

그런데 이것은 어느 한두 사람의 이야기로 끝나지는 않을 것이다. 상당히 많은 사람들이 비슷한 경험을 하고 있을 것이다. 그만큼 스마트폰이 서민들의 일상생활에서 갖는 비중이 커지면서 모바일 문화가 대중화되고 있는 셈이다. 오늘의 대중문화를 말할 때 모바일은, 그리고 스마트폰은 필수적이다.

이런 경향은 개인에 국한되지는 않는다. 한 도가, 한 군이 통째로 이에 가세하고 있다. '글로벌 모바일 클러스터 구축 비전 선포식'이라는 행사가 2010년 1월 14일에 크게 벌어졌다. 이는 관계 부처의 장관을 위시해서 도지사, 시장, 지역 국회의원 등이 한자리에 모인 가운데 경북 구미시에서 열린 행사였다.

이 초시대적인 모임은 대구와 구미를 중심으로 해서 한국을 세계 최고의 모바일 산업국가로 성장시키겠다는 구호를 크게 내걸었다. 한국이 모바일의 글로벌리즘에서 선구자가 되겠다는 의지가 거기 웅성대고 있다. 그런 움직임의 일환으로 구미 시내의 옛 금오공대 캠퍼스 부지에는 무려 1,350억 원이 투자된 '모바일 융합 기술 센터'가 설치되었다.

그런데 이것은 어느 특정의 도나 시·군의 일로 끝나지는 않을 것이다. 적은 규모로든 큰 규모로든 국내 어디에서나 비슷한 경향이 음으로, 양으로 일어날 것이다.

가령 차세대 스마트폰이라 할 수 있는 '쇼옴니아' 개발을 위해 일 년 이상 단단한 공조 체제를 지켜온, 이 땅의 대표적인 두 IT 기업이 그만 갈등과 경쟁의 골을 심화시키고 있는 것도 모바일 산업이 이 땅에서 내보이고 있는, 대단한 열기를 간접적으로 증명하는 것이다. 이들 두 기업 중 한 곳의 중역에 따르면 그 회사는 1,300여만 명의 가입자를 두고 있다는데, 두 회사의 가입자를 합치면 모르긴 해도 3,000만 명을 오르락내리락할 것이다. 아주 어린아이들을 빼고 나면 전 국민이 가입자인 셈이다. 바야흐로 '전 국민 모바일 시대'이다.

실정을 조금 더 자세히 들여다보면 이러한 흐름이 어마어마하다는 사실을 쉽게 알 수 있다. 가령 어느 일간지의 보도에 의하면 2010년부터 국내의 휴대폰 업계는 '스마트폰 전쟁'을 뜨겁게 벌이고 있다고 한다. 작년 세밑에 애플의 아이폰이 불씨를 붙인 '스마트 빅뱅'은 그 뒤를 이은 국내 삼성전자의 옴니아 시리즈와 구글의 안드로이드폰으로 무섭게 달아올랐다는 것이다.

이렇게 모바일이 크게 대중화하는 추세라서 교육도, 학습도, 공부도 거기 말려들지 않을 수 없다. 이젠 모바일이 학교이자 교실이 되어가고 있다. 뿐만 아니라 교과서요, 참고서가 되어가고 있다. 스마트폰만 있으면 어디서든 공부할 수 있다. 길을 걸으면서도, 지하철이나 버스 안에서도 '손바닥 교실'에서, '손바닥 공부방'에서 공부할 수 있다. 그것은 가령 삼성전자와 프랑스 토털의 합작회사인 '삼성토털'이 '무無 오피스' 영업을 시작한 것과 일맥상통한다. 그 회사의 직원들은 사무실이 없는 대신 노트북이나 스마트폰으로 회사와 온라인으로 연결해서 업무를 처리한다. 거리든 집이든 어디나 사무실이 되어버린 것이다.

이제 어디서든 클릭 한 번이면, 터치 한 번이면 손바닥 안을 들여다보며 공부할 수 있다. 공부도, 학습도 이제 인스턴트이다. 휴대폰 속에 정보가, 진리가, 공식이 뜰 것이고 미술 작품이 전시될 것이고 음악이 연주될 것이다. 체육 시간은 아예 동영상으로 척척 진행될 것이다.

그러니 모바일 공부에 더한층 마음을 써야 한다. 눌러서 또는 찍어서 화면에 나온 대로 숙제의 답을 옮겨 쓰면 안 된다. 그것은 다른 사람의 것을 베끼는, 일종의 커닝이다. 도둑질과 같은 범죄행위이다.

노트북과 스마트폰에서 토막토막 실마리를 잡는다 해도 그것을 기반으로 전체 문제 풀이는 스스로 해야 할 것이다. 단편적인 정보며 지식을 얻어내서 그것들로 최종적인 답을 작성하는 것은 스스로 해야 한다. 편리함은 유용하게 활용해야지 무턱대고 그것에만 기대버리면 안 된다. 그러다가는 학생 각자가 그만 모바일의 일부가 되고 부품이 되어버릴지도 모른다. 기계 부속품 꼴로 전락할지도 모른다.

　학습은, 공부는 언제 어느 경우에나 주체적이라야 한다. 적극적이고 능동적이라야 한다. 우리 각자가 알아서 제힘으로 다그쳐서 해야 하는 것이 공부이다. 노트북에서 혹은 스마트폰에서 보조 자료는 얻어내되 최종적인 해결책이나 답은 공부하는 사람 본인이 스스로 찾아야 한다. 인간 로봇, 인간 모바일, 인간 스마트폰이 되어서는 안 된다.

멀티 내셔널리즘과 공부

한국은 지금 당장은 '교육 공화국'이고 '공부 공화국'이다. 초·중·고등학생은 정규 수업에다 보충 수업까지 겹쳐서 받는다. 이젠 각급 학교에서 방과 후라는 말은 의미가 없다. 뿐만 아니다. 학교의 정규 수업과 보충 수업을 마치자마자 상당수의 학생이 학원으로 직행한다. 저녁도 학원 근처에서 해결하고는 밤늦도록 학원에서 죽자 살자 공부를 한다.

대학에서도 만만치 않다. 학부 졸업생들 가운데 태반이 직장을 얻기 위해 전문 학원에 다니면서 공부를 해야 한다. 구직이 하늘의 별 따기이다 보니 대학 4년을 마치고 하게 될 졸업을 일부러 미루고 있는 학생도 적지 않다고 한다. 심지어 일부 대학에서는 졸업을 늦추는 것을 제도화할 예정이라고도 한다. 대학의 학부 공부를 4년 반 또는 5년씩 하게 되는 셈이다.

한국은 그래서 '공부 천지'이다. 그래서 미국의 오바마 대통령은 1만 명의 수학과 과학 교사 양성을 위해 자그마치 2억 5,000만 달러를 투자하겠다면서 한국 교육을 본받자고 했다. 그리고 그는 미국의 학부모도 한국의 학부모처럼 학교와 교육계에 적극적으로 요구하라고 말했다. 미국의 대통령이 그런 말을 할 만큼 한국의 교육은, 또 공부는 세계적이다. 세계 어느 나라와 견주어도 '교육 공화국'의 기세로는 한국이 단연 세계 제일일 것 같다.

교육의 열정이 세계를 앞지르다 보니 이 땅의 교육과 공부는 이미 글로벌리즘의 물살을 드세게 타고 있다. 동남아 일부 지역에서 한글이 그 나라의 공용 문자가 된 것도 함께 이야기하는 게 좋겠다.

EU로 유럽이 하나가 되듯이 아시아의 여러 나라가 AU로 통합될 가능성을 점쳐도 괜찮은 것이 아닌지 모르겠다. 그러다가 드디어는 세계가 온통 하나의 공화국 WU로 거듭나지 말라는 법도 없을 것 같다.

그런 추세 속에서 한국 자체가 이미 부분적으로는 AU가 되고 WU가 되어가는 듯이 보이기도 한다. 그만큼 심각하게 다문화화하고 있다. 서로 다른 여러 인종이 국내에 들어와서 한국 국적을 얻고 공존하고 있다. 그 수가 무려 100만 명에 가깝다고 하니 놀랍다.

그래서 서로 다른 문화가 나라 안에 뒤섞이게 되면서 한국은 이제 '다문화 국가'라고 일컬어도 손색이 없을 경지에 이르렀다. 합중국이 아닌 '합민족국'이 되어가고 있다.

영어는 이미 제2의 공용어가 되다시피 했다. 교육과학기술부에서는 2010년 현재 '한국형 토플-토익'을 내세우면서 정부가 개발 중인 국가 영어 평가 시험의 결과를 2013년부터는 대학입시의 수시모집 때 전형 자료로 활용할 것이라고 발표했다. 영어가 대학입시의 필수 기초 과목이 되는 셈이다. 그러다 보면 세계의 중요 언어들에 대해서도 한국형 토플-토익 시험이 치러지지 말라는 법도 없을 것 같다.

지금 한국에서는 영어만 득세하고 있는 것이 아니다. 중국어, 일본어도 만만치 않게 기세를 떨치고 있다. 영어로만 강의를 진행하는 대학이 생겨나는가 하면 부분적이기는 하지만 중국어로 강의하는 대학도 보게 된다. 다문화 가정에서는 소수 민족의 언어도 부분적으로 통용되고 있을 것이다.

이렇듯이 언어의 글로벌리즘이 심화되고 있다. 우리가 일상적으로 쓰는 낱말이나 용어에는 헤아릴 수도 없을 만큼 외래어가 범람하고 있다. 거리의 간판에도, 상품의 이름에도 외래어가 판을 치고 있다. 이러다 보니 일부이긴 해도 한국인의 이름이 외래어로 되어 있는 사례도 보게 된다. 이제 바야흐로 한국어 자체가 '다국적 언어'가 되어가고 있다.

거기 더해서 국내 기업이 해외로 무더기로 나가 있다. 표현이 좀 나쁘지만 해외의 여러 나라가 한국의 '기업 식민지'가 되다시피 하고 있다. 이제 한국 안에서도 한국어만으로는 언어 소통과 의사 소통 등 커뮤니케이션 전반에 걸쳐 장애가 생길지도 모른다.

　그래서인데 일부 IT 기업에서는 한국어를 비롯해서 영어, 일어, 중국어 그리고 한자어 등을 동시에 견주어볼 수 있는 '다언어 학습 콘텐츠'를 개발했다. 한눈에 네 가지 국어에 겹쳐서 한자까지 알아보게 되어 있는 셈이다.

　자! 그렇다면 우리의 공부도 마땅히 다국적이 되고 글로벌화해야 한다. 언어만이 아니다. 온 세계의 지리, 역사, 문화 등에 걸쳐서 국제화해야 한다. '멀티 내셔널리즘'이 되어야 한다. 우리의 공부가 UN이 되어야 한다. 그렇게 한국의 공부를 서둘러 글로벌화해야 한다. 그런 면에서도 온 세계를 앞질러야 한다. 그것이 선진국의 징표가 되어야 한다.

글로컬리즘 시대의 공부

글로컬리즘glocalism, 그것은 지금 당장 시대의 유행어이고 또 사회적인, 문화적인 키워드이다. 온 지구를 그 말이 덮어씌우고 있다.

새삼 말할 것도 없다. 글로컬리즘은 신조어, 곧 새로 만들어진 낱말이다. 시대적인 조어이다. 그것도 두 낱말이 하나로 합쳐진 복합어이다.

'글로'는 '글로벌global'이며 '글로벌리즘globalism'이다. 두 낱말 모두 영어의 '글로브globe'에서 갈라져나왔다. 여기서 글로브는 야구 '글러브glove'가 아니다. 글로브는 원래 둥근 물체를 의미하는 '스피어sphere', 곧 주변의 어느 지점이나 중심에서부터 같은 거리를 두고 떨어져 있는 원 또는 원구圓球를 의미한다. 그런 의미가 확장되어 지구도 글로브라고 부르게 된 것이다.

글로브가 지구를 가리키는 말이라서 글로벌은 '온 지구에 걸친' 상태를 의미하고, 따라서 글로벌리즘은 지구를 통틀어서 한 덩어리로 바라보고 생각하는 것을 의미한다. 아시아니 유럽이니 아메리카니 아프리카니 하며 지구를 쪼개지 않고 크게 한 단위로 바라보는 것이 곧 글로벌리즘이다.

그래서 좀 과장된 듯하지만 '지구촌'이란 말이 즐겨 사용되게 된 것이다. 지구가 전체로 그저 한 마을, 한 고을과 같다는 것이다. 그만큼 지구가 좁아졌다. 지리적으로는 여전히 동떨어진 여러 지역이 심리적으로, 또 문화적으로 한 동아리나 마찬가지라고 보는 것이다.

한편 글로컬리즘의 '컬리즘'은 '로컬리즘 localism'의 줄임말이다. 말할 것도 없이 지구상의 특정 지역을 별개로 보는 것이라서 굳이 번역하면 '지역 중심주의'라고 해도 큰 잘못은 없을 것이다.

그러니까 로컬리즘과 글로벌리즘은 서로 모순되는 말이다. 서로 반대되고 또 이율배반적이다. 그런데도 그 모순덩어리들을 하나로 뭉쳐서 글로컬리즘이라고 일컫고 있다.

이는 더 이상 지구 전체와 각 지역을 따로 떼어서 생각하지 말자는 것이다. 그러니까 지구상에서 아시아니 유럽이니 하는 지역의 차이를, 국경을 말하지 말자는 것이다. 줄여서 말하면 글로브 전체가 하나의 로컬이라는 것이다.

지금 당장 우리는 그런 뜻의 글로벌리즘을 지향하는 삶을 살고 문화를 이룩하기 위해 애써야 한다. 특정 지역의 경계를 허물고 닫혀 있던 마음의 문을 활짝 열어젖혀야 한다. 그야말로 '문호개방'

을 해야 한다.

그런 글로컬리즘의 시대에 우리의 공부는 어떠해야 하는 것일까? 그건 물으나 마나이다. 우리 한국을 온 지구에 고루 알리는 한편 온 지구를 죄다 알고 이해하는 공부를 누구나 해야 한다.

그러자면 철저한 한국인으로서 한국에 관해서는 모르는 것이 없다시피 공부해야 한다. 한국의 역사며 문화를 빠뜨림 없이 깨우치고 이해할 수 있게 공부해야 한다. 한국인으로서 그야말로 '한국통'이 되어야 한다. 그렇게 공부해야 한다.

그러나 여기서 그쳐서는 안 된다. 한국통이 되는 것과 함께 '지구통'이 되도록 공부해야 한다. 온 세계의 문화며 역사를 고루 빠짐없이 공부해야 한다. 세계 각 민족의 언어를 되도록 많이 듣고 말할 수 있어야 할 테지만 그것이 현실적으로 어려우면 세계어라고 해도 좋을 만큼 지구상에 널리 퍼져 있는 언어, 예컨대 영어를 한국어 하듯이 할 수 있어야 한다. 그래서 오늘날 영어 공부는 불가피하다.

그렇게 한국에 관한 만물박사가, 지구에 관한 만물박사가 되어야 한다. 그렇게 되도록 스스로 알아서 공부해야 한다.

그러려면 언어 공부만큼이나 각 나라의 문화며 역사에 관한 공부도 하지 않을 수 없을 것이다. 이것은 오늘날 학생들의 공부 부담이 어마어마하게 늘어나고 또 무거워졌다는 의미이기도 할 것이다.

지구상의 어느 지역으로 가든 그 지역 사람이듯이 언어 소통을
할 수 있어야 한다. 그래서 마치 그 지역 출신인 듯이 행세할 수 있
어야 한다. 그러자면 그 지역의 문화며 역사에도 정통해야 한다.
범세계인이 될 수 있게 미리미리 공부해두어야 한다.

호모 핑거, 정보를 터치하라

IT를 모르면 이 시대의 사람으로서 ID를 곧 신분증명을 얻지 못한다. 그래서 IT를 모르거나 그것과 무관하게 사는 사람은 21세기에서 살아갈 근거를 잃고 만다. 오늘날 IT는 각자의 자기 증명 같은 것이다. 현재를 사는 사람은 어느 누구나 'IT맨'이다.

IT는 새삼 말할 필요도 없이 '인포메이션 테크놀로지Information Technology'의 줄임말이다. 문자 그대로는 '정보 기술'이 곧 IT이다.

우리가 살고 있는 현재가 IT시대라는 말은, 우리 사회가 정보화 사회라는 의미일 것이다. 사회가 곧 정보로 이룩되고 또 엮어진다는 의미일 것이다.

그런데 영어에서 인포메이션은 '인텔리전스Intelligence'와 같은 뜻을 가진 것으로 여겨지기도 한다. 가령 미국의 국가기관인 C.I.C.는 'Counter Intelligence Corps'의 줄임말인데, 그것을 흔히 '정보국'이라고 번역하는 것은 그 때문이다.

인텔리전스가 지능이나 지식으로 번역된다는 사실에서 유추되듯이 정보라는 것은 지식이다. 흔히 누군가를 두고 "그는 그 방면의 정보통이야"라고 말한다면 그가 그 방면의 풍족한 지식을 갖고 있다는 의미가 된다.

뭔가에 대해서 알게 되는 것, 인지하고 터득하는 것, 그것이 바로 정보이다. 앎이 그리고 지식이 곧 정보이다. "오늘 오후에 비가 올 것이다"가 정보라면 "북한의 해군 함대가 연평도 바다에서 기동 훈련을 할 것으로 알려져 있다"도 정보이다.

그래서 어느 사회, 어느 시대에나 정보는 기능하기 마련인데 하필이면 오늘날이 '정보화 시대'라고 일컬어지는 것은 무슨 까닭일까? 'IT 시대'라고 일컬어지는 것은 왜일까?

첫째는 문화가 다양해지고 사회 현상이 복잡해짐에 따라 유통되고 운영되는 정보가 대량으로 증폭한 것을 그 이유로 들 수 있다. 오늘날에는 국가조직도, 사회관계도, 인간관계도 정보망으로 얽혀 있다. 정보가 곧 국가나 사회라는 공동체의 조직이고 또 기능이다.

둘째로는 정보의 운영 장치이자 관리 장치이자 생산 장치인 컴퓨터가, 또 전자 정보 장치가 대중화되고 보편화되어 있음을 또 다른 이유로 들 수 있을 것이다.

그래서 오늘날에는 각 가정이 정보 기지이다. 거의 예외 없이 모든 시민은 정보원이고 정보통이다. 정보로 활동하고 정보로 생활하고 정보로 직무를 수행하고 정보로 레저를 즐긴다.

컴퓨터 앞에 앉으면 정보에 감싸인다. 키보드를 클릭하면 정보가 나돈다. 오늘날 '클릭'은 삶이고 생활이다. 손가락 끝에 인생이 걸려 있다. 손가락 끝이 인생을 지배하고 있다. 스마트폰이라면 손가락 끝이 가볍게 스치는 것으로, 그 '터치' 하나로 정보의 그물 속에 자리 잡게 된다.

럭비나 미식축구에서는 터치다운으로, 이를테면 공을 땅바닥에 터치하는 것으로 경기에서 이기기도 하고 지기도 한다. 모바일도 결국은 터치다운이다. 그것에 따라 인생이라는 경기에서 이기고 지고 얻고 잃는다.

그러니 결국은 정보이다. 그것은 오늘날 우리의 공부 또한 클릭으로 또 터치다운으로 그 대세가 결정된다는 의미일 것이다. 정보통이 되는 것이 공부하기이다.

학업에 필요한 정보, 이를테면 교사가 될 정보, 교과서가 될 정보, 참고서가 될 정보, 그래서 책이 될 정보가 공부의 성패를 결정지을 것이다. 전자 책이 이미 조금씩 붐을 탈 조짐이 보이는데, 이렇게 되면 컴퓨터가 교실이 되고 도서관이 될 날도 멀지 않았다.

인간을 정의 내릴 때 호모 파베르라고들 해왔다. 흔히 '공작인'이라 번역되는 말이지만 사실 이 말은 인간이 손을 놀려서 물건을 만듦을 강조한 것이다. 그러니 호모 파베르는 '손의 인간'이라고 해도 괜찮을 것이다.

하지만 클릭의 시대, 터치의 시대에는 손가락 끝이 절대적인 역할을 맡는다. 이제 인간은 '손가락 인간', 아니면 '손끝 인간'이다. '호모 핑거Homo finger'라고 불러도 좋을 것이다.

이제 누구나 '호모 핑거'로 살고 또 공부하게 되어 있다. 오늘날 우리의 공부는 결국 정보 요원이 되는 것이다. 정보가 공부의 알파이자 오메가이다.

'전인全人적 존재'에 이르는 길

할머니의 옛날이야기, 이를테면 동화로 비롯한 나의 문학 역정은 고희를 훌쩍 넘긴 나이가 되기까지 줄곧 이어져왔다. 중학교(구제 6년제)의 문예반원, 대학과 대학원의 문학도, 그러고는 50년이 가깝도록 문학 교수로 지내면서 내 인생은 문학이라는 고리며 매듭으로 얽혀 있다. 내 삶의 그 어느 대목, 그 어느 토막에서도 문학을 빠뜨릴 수가 없다. 나의 인생은 '문학 인생'이다.

그동안 문학은 내게 참 많은 것을 주었다. 여러 가지를, 온갖 것을 다 가르쳐주었고 베풀어주었다.

그런데 그중 으뜸으로는 시 덕분에 자연과 세계와 사물을 보는 눈을 떴다는 사실을 들어야 할 것 같다. 시를 비롯한 문학은 그 모든 것을 보는 나의 시각이 되고 시선이 되었다. 문학이 아니었다면 나는 자연과 세계와 사물 앞에서 소경이 되었을지도 모른다. 시는 나의 눈이었다. 신경이고 또 두뇌였다.

나는 문학과 더불어 손잡고는 인생길을 걸어왔다. 자주 음악과 미술이 그런 내 등을 떠밀면서 길동무가 되어주곤 했다.

시는 무엇보다 내 가슴을 서정으로 울렁이게 했다. 그럴 적에 내 가슴은 으레 따뜻해지기 마련이었다. 서정이란 세계며 사물과 내가 하나로 어울리는 일이었다. 그것은 독일의 현대 문학이 서정을 인간이라는 주체와 세계라는 객체, 사물이라는 객체 사이의 '내적인 상호 침윤浸潤'이라고 규정한 것을 연상하게 할 것이다.

세계며 자연 그리고 그 안의 사물들과 낱낱이 따스하게 정이 통하고 뜨겁게 공감하는 일이 시가 내게 선물한 서정이었다. 때로는 서럽게, 아니면 애틋하게 자연과 세계와 사물과 하나로 어울려서 눈물짓기도 했다. 그 눈물은 감상에서 비창 그리고 비장함으로 승화하기도 했다.

그래서 자연이며 세계 그리고 그 속의 온갖 사물은 남이나 타자他者가 아니었다. 가령 그것들이 타자라고 해도, 남이라고 해도 다만 '또 다른 나'였을 뿐이다. 그러니 '나'라는 존재는 '또 다른 남'이 되곤 했다. 꽃이며 풀, 나비며 벌, 눈이며 비, 이 모든 것들과 나의 사이는 그렇게 맺어질 수 있었다.

그래서 훗날, 아주 훗날 읽게 된 E. 레비나스Emmanuel Levinas의 윤리학을 나는 여간 반긴 것이 아니었다. 그의 윤리학은 이를테면 '나와 남'의 변증법적인 통합을 지향하고 있었기 때문이다. 그래서 나는 시를 읽으면서 시의 서정을 통해서 자연과 세계 그리고 사물들과 핏줄 통하는 한 동아리가 되곤 했다. 그 속에서 나의 나다운 존재성이 여물어갔다. 그렇기에 나는 혼자인 적이 없다. 시를 읽고 외우는 동안 나는 세계며 자연과 하나인 '나'가 되었고 그래서 '전인全人적 존재'가 될 수 있었다.

내게 공부란 그런 것이다. 불완전한 존재로, '타자'의 보호 없이는 생존조차 위태로운 존재로 이 세상에 태어나서 하나하나 나의 불완전한 부분을 채워가는 것. 그렇게 자연과 세계와 사물들을 이해하며 전인적인 존재가 되어가는 과정. 그것이 나의 공부이다. 이제 팔순을 앞둔 나이가 되어 일선에서는 물러났지만 푸른 들판에서도, 파란 바다에서도, 아니 내가 서 있는 곳 어디에서든 나의 공부는 쉼 없이 계속되고 있다. 세상이 정체되지 않고 계속 움직이는 한, 내가 배우고 익혀야 할 것들은 나날이 늘어만 간다. 그래서 나도 나날이 바빠져만 간다. 이렇게 나의 공부는 죽는 날까지도 끝나지 않을 것 같다. 아니, 죽는 날까지 나는 공부를 멈출 수 없을 것 같다.

"죽는다는 건 대단한 모험일 거야"라고 말했던 모험광 피터 팬처럼 죽음마저도 다시없는 공부의 기회가 되어주지 않을까.

공부

지은이 | 김열규

초판 1쇄 발행일 2010년 7월 16일
초판 2쇄 발행일 2010년 8월 20일

발행인 | 한상준
기획 | 박재호, 이둘숙
편집 | 윤정숙
마케팅 | 김현우
독자관리 | 이재희
디자인 | 나윤영, 디자인포름
종이 | 화인페이퍼
출력 | 경운출력
인쇄·제본 | 영신사

발행처 | 비아북(ViaBook Publisher)
출판등록 | 제313-2007-218호(2007년 11월 2일)
주소 | 서울시 마포구 연남동 567-40 2층
전화 | 02-334-6123 팩스 | 02-334-6126 | 전자우편 crm@viabook.kr